愚者的片尾

愚者の
エンドロール

米澤穗信

HANA 譯

目錄

出版緣起

駭High，在推理的迷宮中

編輯部

推理小說到底有什麼魅惑之力，能夠讓世界上無數的熱愛者爲之痴狂？是鬥智、解謎的樂趣？是抽絲剝繭，終於揭露眞相時豁然開朗的暢快？是驚嘆於陽光之外人性潛伏的深沉危機與社會百態的詭譎複雜？還是感佩於作家布局的巧思或高超的說故事功力？

好的小說只有一個評斷標準——好不好看（用文言一點的說法是「引人入勝」）。有的小說好看得讓人不忍釋卷，廢寢忘食，非一口氣讀完不可；有的則是讓人捨不得立刻讀完，寧可一個字一個字細細地咀嚼品味。

好的推理小說更是如此。

在台灣，歐美推理和日本推理各擅勝場，各有忠實的讀者群。推理小說是日本大眾文學的兩大顯學之一，也可說是日本大眾文學極致發展最具代表性的成熟類型閱讀，不但各大出版社都闢有「Mystery」系列，培養出眾多匠心獨運、各領風騷，甚或年年高踞納稅排行榜前茅的大師級作者，如松本清張、橫溝正史，赤川次郎、西村京太郎、宮部美幸、東野圭吾、小野不由美等，創作出各種雄奇偉壯、趣味橫生、令人戰慄驚歎、拍案叫絕、甚或影響深遠的傑作；同時也一代又一代地開發出無數緊緊追隨、不離不棄的忠實讀者。而台灣，在日本知名動漫畫、電視劇及電影的推波助瀾下，也有愈來愈多人愛上日本推理小說的明快節奏與豐富的情報功能，閱讀日本小說的熱潮儼然成形。

二〇〇四年伊始，商周出版（獨步文化前身）推出「日本推理名家傑作選」系列以饗讀者，不但引介的作家、選入的作品均爲一時精粹，更堅持以超強的譯者及顧問群陣容，給您最精確流暢、最完整的中文譯本與名家導讀，眞正享受閱讀推理小說的無上樂趣。

如果，您是個不折不扣的推理迷，歡迎進入更豐富多元的日本推理迷宮；如果，您還是推理世界的新手讀者，正好奇地窺伺門內的廣袤世界，就讓「日本推理名家傑作選」引領您推開推理迷宮的大門，一探究竟。從一根毛髮、一個手上的繭、一張紙片，去掀開一個角，去探尋、挖掘、對照、破解，進到一個挑逗您神經與腎上腺素的玄奇瑰麗世界！

劇場一樓

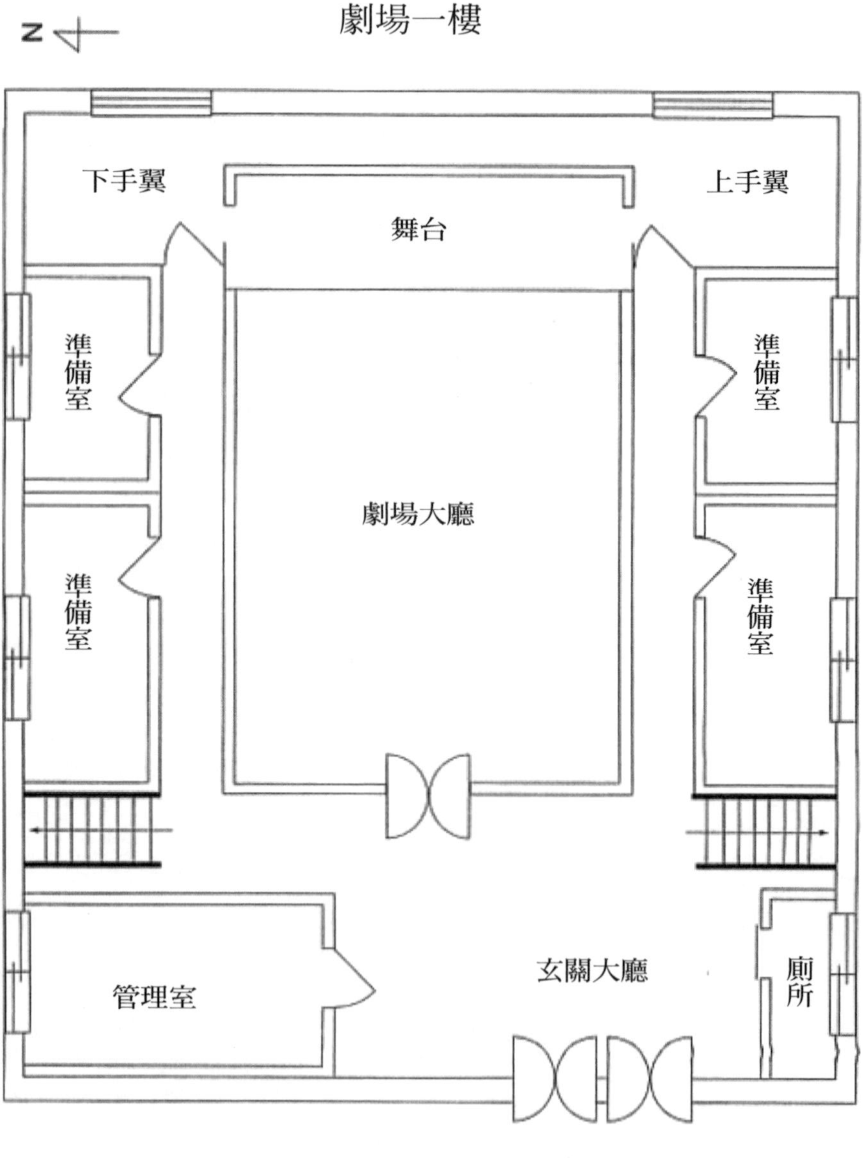
N
下手翼
上手翼
舞台
準備室
準備室
準備室
準備室
劇場大廳
管理室
玄關大廳
廁所

劇場二樓

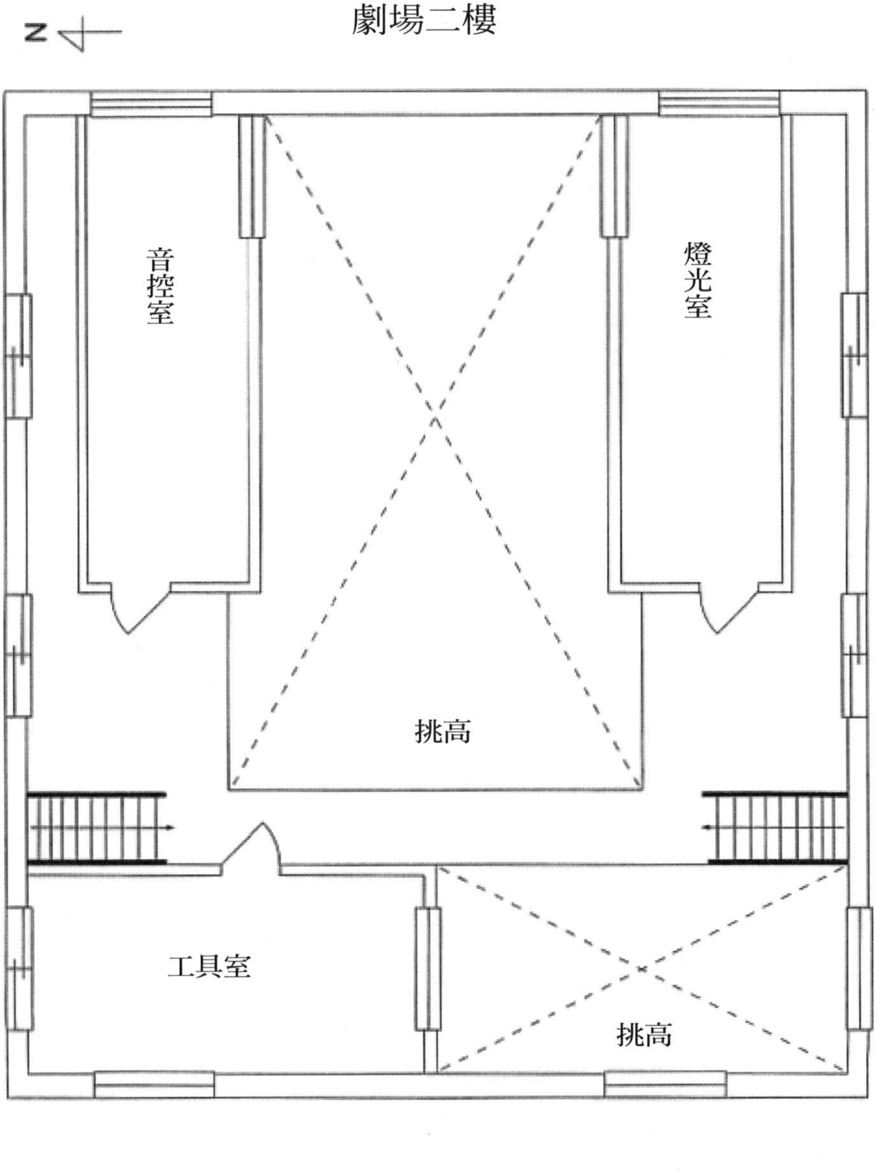

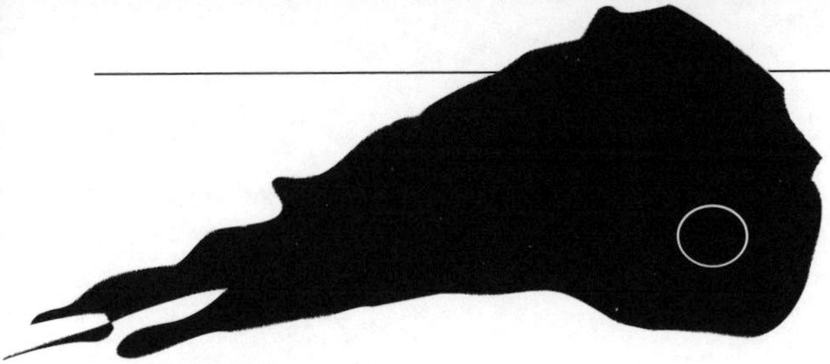

楔子

檔案號碼00205

請輸入姓名：真的沒辦法嗎？
MAYUKO：對不起
請輸入姓名：再這麼下去大家都會怪妳，妳不怕嗎？
MAYUKO：我去向大家道歉
MAYUKO：只能這樣了
請輸入姓名：道歉也於事無補
請輸入姓名：我不是在教訓妳
請輸入姓名：但事情一定得解決
MAYUKO：我知道
MAYUKO：可是我真的無計可施
MAYUKO：對不起
請輸入姓名：好吧，我懂了
請輸入姓名：妳原本就不是適合的人選
請輸入姓名：難為妳能撐到現在
MAYUKO：對不起
請輸入姓名：好了，別道歉了
請輸入姓名：接下來交給我處理吧

MAYUKO：妳願意幫忙嗎
請輸入姓名：要是幫得了我早就幫了
請輸入姓名：我無能為力，但我會找方法解決
MAYUKO：？
請輸入姓名：可是，即使進行順利……
請輸入姓名：也不會符合妳期望的方向

檔案號碼00209
是・我・啦♪：不好意思唷。
請輸入姓名：不會啦
請輸入姓名：既然如此也無可奈何
是・我・啦♪：可愛的學妹有事相求，我當然想幫忙。
是・我・啦♪：不過這一次……
是・我・啦♪：距離和時間都是變動不了的東西嘛
請輸入姓名：請問
請輸入姓名：還有其他人選嗎
請輸入姓名：辨得到這種事的人
是・我・啦♪：人選喔。

是・我・啦♪：唔……
是・我・啦♪……
請輸入姓名：學姊？
是・我・啦♪：ＺＺＺ……
請輸入姓名：學姊
是・我・啦♪：開玩笑的啦。
是・我・啦♪：我知道有個人可以用
是・我・啦♪：雖然不太可靠，不過用對方法就沒問題。

檔案號碼00214

請輸入姓名：妳的意思呢？
Ｌ：我一定趣！
Ｌ：打錯了，我一定去
請輸入姓名：那真是感激不盡
請輸入姓名：我會再告訴妳時間地點
Ｌ：我很奇代
Ｌ：是奇待
Ｌ：期待

請輸入姓名：多嘴提醒一下
請輸入姓名：不需要自己選字
請輸入姓名：直接按ENTER就好
L：室嗎？
L：是嗎？
L：啊，真的耶
請輸入姓名：那就拜託妳了
請輸入姓名：對了，既然妳要來……
L：嗯。
請輸入姓名：乾脆找朋友一起來吧，三個人左右
L：可以嗎？
請輸入姓名：妳是古籍研究社的吧？
請輸入姓名：如果妳能帶社員一起來，我也很歡迎

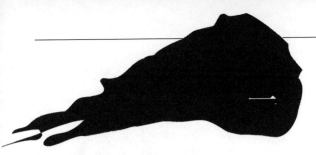

一

參加試映會！

常言道：「上天不造人上人，亦不造人下人」、「天不賜予二物」。如果這些勸世名言屬實，上天真該好好整頓一下綱紀。一個人的價值會依處境而改變，這個事實任誰都無法否認，而且別說只是賜予二物，才華多到一隻手數不完的也大有人在。我們這種凡人只能又羨又妒地看著那些天才大放異彩，心想自己應該也有某種才能，這種日常情景實在太空虛了。

暑假即將結束。去學校途中，我對老朋友福部里志說起這個想法，里志用力點頭表示同意。

「你說得很對。我當福部里志也當了十五年，看來這軀體是沒有天賦才能了。有句話叫『大器晚成』，或許還有點希望，但我連專研的東西都沒有，實在教人難以期待。」

「也罷，只要想想天才同樣求不來凡人的生活，就不會那麼羨慕了。」

「奉太郎，你覺得凡人的生活有吸引力嗎？……是你的話或許會吧。」

里志隨口加了一句。

「不過，你真的能過那種生活嗎？」

我不懂這句話的意思，露出詫異的表情。里志意味深遠地笑著對我說：

「我可以確定自己沒有才能，至於你嘛……我暫時持保留態度。」

「啊？」

這傢伙很愛開玩笑，所以我稍微思考一下該不該認真聽進去。我有兩件事想說，首先是：

「要我說的話，我覺得你太不了解自己，才會把自己當成凡人。很少人像你這樣廣泛涉獵各種知識吧？」

里志聳聳肩。

「的確啦，我在這方面還算小有自信，可是雜學再怎麼豐富，我也不會去當猜謎王。涉獵太廣泛反而不能專精。」

是嗎？

不管了，來說第二件。

「你說我不平凡？太不會看人了。」

「我沒說你不平凡，是說目前還不能下定論。」

「哪來這種必要？」

「哪來啊……」

里志沉思片刻，接著指向出現在前方的神山高中。

「就是那裡。」

「校舍？」

「不是校舍，是地科教室，我們古籍研究社的社辦。上次的《冰菓》案件你表現得真精采，老實說，我萬萬想不到你有那種本事。我看不出你那方面的能力高到什麼地步，所以目前還不能下定論。」

對照里志的笑容滿面，我卻一臉困窘。

說什麼《冰菓》案件？又不是刑事案件，大概連民事都算不上。《冰菓》是我和里志參加的活動不明社團「古籍研究社」的社刊標題，至於社刊為何取這麼怪的名字，三言兩語很難說清。這本社刊在近幾個月裡帶來不少麻煩，而我在其中派上一點點用場。里志說的就是這「用場」。

里志回想著當時。

「那件事是你解決的。」

「什麼解決嘛，哪有這麼誇張？再說我都是靠運氣。」

「運氣？我又沒問你的看法，重點在於我對你的看法。」

這句話聽在某些人耳裡一定會覺得他很囂張，而我早就習慣里志的語氣，所以也不生氣。

福部里志是我的老朋友，也是個好對手。他身為男生卻不高，體型嬌小，遠遠看過去可能會被人當作女生，卻是個很有膽識的男生，對自己的興趣全心投入，滿不在乎地把「必要的事」放在其次。他的眼睛和嘴角總是帶著笑意，隨身帶著一個不知裝了什麼東西的束口袋。

里志甩著他的束口袋說：

「對了，現在幾點？」

「去看你自己的表。」

「表放在裡面，我懶得拿。」

他拍拍那個束口袋說。里志很少戴手表，只靠手機來看時間。

「懶惰是我的註冊商標才對吧？」

「你是說『沒必要的事不做，必要的事隨便做』？」

里志笑著調侃我的生活守則，我望向自己的手表，糾正他：

「是『沒必要的事不做，必要的事盡快做』才對。……快十點了。」

「這句格言又沒偉大到需要背得滾瓜爛熟。快十點？動作要加快了，千反田不會計較我們遲到，但摩耶花生起氣來很可怕的。」

我大致上同意，惹伊原摩耶花生氣一定很慘。話說回來，千反田愛瑠一旦生氣也很恐怖，不知里志是否知情。我見里志快步前進，也跟著加快腳步。

綠燈亮起，越過馬路，校門已在眼前。在暑假裡學生仍然很多，這是一如往昔的神山高中。

操場和校舍充斥著身穿便服或制服的學生，音樂類社團裡傳出樂聲，操場一角搭了一座類似紀念碑的巨大物體，還有一群手忙腳亂的人，不知是哪個社團的。神山高中的學生到了暑假還是如此有活力，所有人都忙著準備文化祭。

神山高中的學生人數約一千人，如果除去升學學校的傾向、生氣蓬勃的學藝類社團、超級盛大的文化祭，只是一所普通的高中。校園內有三棟大型建築物，包括普通教室所在的普通大樓、專門科目教室所在的專科大樓，以及體育館。我們古籍研究社的社辦位於專科大樓四樓的地科教室。

我們快步走過中庭，合唱社和人聲音樂社互別苗頭似地在此高歌。正如里志之言，我的信念是「沒必要的事不做，必要的事盡快做」，更直接的說法是「節能」。我跟全力投入文化祭或其他學生活動的「那些人」作風大相逕庭，不過這也沒啥大不了的。

我們走進校舍入口，經過走廊前往專科大樓，無視某社團晾在走廊上的長幅畫布上了樓梯。一口氣爬上四樓還真喘，又加上此時已是夏末，我拿著手帕擦汗，走進地科教室。

斥喝聲隨即迎面而來。

「你們太慢了！」

扠腰站在教室正中央的人是古籍研究社社刊《冰菓》實質上的編輯，和我有段孽緣的伊原。

伊原摩耶花和我雖不親密，卻一直莫名其妙地斷不了關係。她在小學時就有張成熟的臉，升上高中也沒改變多少，反而成了娃娃臉。雖然外貌稚氣，其實個性非常嚴苛，見人犯錯絕不寬貸，對自己更是苛刻。她生氣的理由很簡單，因為古籍研究社今天上午十點要在社辦集合。

伊原扠著腰說：

「小福，你想解釋嗎？」

里志笑得很僵地回答：

「因為不能騎腳踏車……」

「這點你早該知道吧？」

在此說明，神山高中一向允許學生在暑假騎腳踏車來學校，但停車場正在整修，所以這幾天禁止騎車。

「小福，認真點嘛，你的稿子也還沒寫完耶。」

里志攤開雙手，無力地試圖辯解。

「先、先等一下，摩耶花，奉太郎不也遲到了嗎？」

竟然把矛頭轉向我！伊原瞥了我一眼，又轉向里志。

「折木？誰管他。」

……是喔。

我得再補充一點關於伊原的描述：她對里志有好感，而且從不隱瞞，但里志一直迴避這件事。我不知道這情況是從何時開始，也不知理由為何。

對了，古籍研究社由四個高一生組成，包括我、里志、伊原，以及社長千反田。怎麼沒看見千反田？

「真過分，妳有雙重標準。」

「胡說什麼？我才沒有。」

我打斷他們無意義的對話：

「喂，伊原，千反田還沒來耶。」

「我哪有雙重標準……咦？小千嗎？對啊，她還沒來，真讓人擔心。」

里志喃喃說道：

「原來如此，果真不是雙重標準，是三重。」

伊原難得笑了。

說曹操曹操就到。門輕輕打開，千反田走了進來。

千反田愛瑠有一頭烏黑長髮，身材纖細柔弱，像個深閨千金小姐，事實上，她確實是在神山市一角擁有廣大田園的「富農千反田家」的小姐。她全身上下散發出高雅氣質，只有那雙大眼睛例外。要是問我，我會說最能代表千反田的就是眼睛。若要比喻，伊原的外表像個小孩，而千反田是對森羅萬象都抱持著充沛好奇心的小孩，但她又有知性，條理分明，所以更不好應付。

時鐘指針已指向十點半。千反田深深低頭敬禮。

「對不起，我遲到了。」

千反田和懶散完全扯不上關係，雖不至於嚴謹，畢竟很少遲到。伊原一定也這麼想，她絲毫不帶責備語氣地問：

「怎麼了？發生什麼事？」

「嗯，我跟人談事情，不小心談太久了。」

談什麼？要解釋就說清楚嘛。我還沒開口，千反田便繼續說：

「關於談話內容，我晚點再告訴大家。」

她一定有什麼企圖，感覺真不舒服。

「喔……算了，沒關係。我們開始吧。」

古籍研究社今天的集會要討論文化祭發行的古籍研究社社刊《冰菓》的整體設計，諸如字體選擇、插畫插入位置、紙質選擇等事項。我沒興趣插手這些事，所以向伊原說「一切由妳做主」，但伊原不肯，她認為我出了錢又交了稿，當然有全程參與社刊製作的權利和義務。權利或義務我都不想要，不過無所謂啦，反正我的暑假也沒有任何計畫。

伊原從自己的包包拿出幾種紙張樣本。

「這個是預算範圍內最貴的紙，這種是最便宜的，你們看，差很多吧？除了外觀以外，吸墨性也……」

伊原立刻開始說明，里志和千反田都用心聽著。我只是來湊數的，但仍裝出認真的模樣，免得伊原又發脾氣。

沒想到編輯會議進展迅速，一個多小時就結束了。伊原記下討論結果，得在今天之內通知印刷廠。要把雜務處理得順暢真不容易，我不禁想合掌感謝伊原。

已經中午了，大可直接回家，但我已經在便利商店買了便當，所以決定先吃。我從斜背包裡拿出不到四百圓的午餐，其餘三人也各自拿出食物。

里志剝著飯糰的包裝紙，隨口問了一句：

「對了，社刊什麼時候會做好？」

最清楚的人當然是伊原。她先抱怨「拜託你記一下好嗎」才回答：

「樣本大概在十月初印好，全部製作完畢差不多是文化祭前夕了。」

現在是八月下旬，暑假只剩一週，九月開學後就更沒空寫稿了。我奉行節能主義，不喜歡沒效率地拖延工作，因此打算盡快完成。話是這麼說，不過目前看來時間還挺充裕。

「啵」的一聲，千反田打開便當蓋的聲音真讓人脫力。在我班上很多女生用的是容量不足以塞牙縫的小便當盒，千反田的便當也算小，不過還填得飽肚子。千反田沒立刻舉筷去夾款冬菜、煎蛋、絞肉，反而若無其事地問：

「對了，你們等一下有事嗎？」

我默默地搖頭。我一向是個閒人，時間多到不知道該怎麼用。伊原的反應也跟我一樣。

「我得把這些送去印刷廠，不過傍晚再去也行。」

里志想了一下。

「我好一陣子沒碰針線了，有點想去手工藝社幫忙，也想去總務委員會看看，但也不是非去不可。」

聽到三人的回答，千反田面露喜色。這個笑容讓我有種不祥的預感。我不敢說多肯定，但基於過去的經驗，我感到麻煩快要來了。

千反田放下手中的筷子，興致勃勃地說：

「那我們去參加試映會吧！」

試映會？

她說的詞彙出乎我的意料。難道有某件事背著我悄悄在檯面下進行嗎？我不由自主地看看里志，他歪頭表示自己一概不知，伊原也露出詫異的表情。

「小千，什麼試映會？院線片嗎？」

「唔……不是的，那不是院線片，是錄影帶電影。」

既然是錄影帶電影，想必是私人製作。

「是電影研究社嗎？」

千反田搖頭。

「不是。」

「難道是錄影帶電影研究社？」

說出這句蠢話的是里志。我和伊原一起冷冷地望向里志，但他仍面不改色地說：

「真的有這個社團啦。連古籍研究社都有了，當然也有錄影帶電影研究社。」

里志動不動就說無聊笑話，但是都會秉持「說笑只限即興，會留下禍根則是說謊」的規矩。既然他說有這社團，八成真的有。其實有也不奇怪，神山高中的學藝類社團確實很多采多姿。

千反田又搖頭否定。

「也不是。這是二年F班的班級展覽。」

「喔？是班展啊。」

伊原感嘆地點頭。

「我們學校的班展很少，因為社團活動太旺盛了。」

的確如此，我所屬的一年B班也從沒有人提過「文化祭要推出什麼活動」。社團展覽就夠費力了，再搞班展一定會累死人。想到這裡，我不免覺得同時參加古籍研究社、手工藝社、總務委員會的里志真是強得莫名其妙。

「二年F班參加運動類社團的人打算自己舉行文化祭班展，發起了拍攝電影的企畫。我在二年F班有個熟人，她邀我去試映會，說是要聽聽別人的感想。怎麼樣，去不去？」

「好啊，去吧！」

里志爽快地答應了。對，這傢伙碰到有興趣的事都是這樣。

伊原微皺眉頭，問道：

「是哪一類的電影？」

「唔……好像是Mystery。」（註）

伊原對這個答案很滿意。

「是娛樂片啊？那我也去。」

「怎麼？摩耶花，妳討厭藝術電影嗎？」

「不算討厭啦……如果是真正熱愛電影的人拍攝的就沒關係。」

說得對，基於「自己推出文化祭班展」這種動機而拍的藝術電影大概不會有人想看。

至於我嘛……

我不太喜歡電影，老實說，無論是藝術電影或娛樂電影我都不會很想看。我不清楚為什麼自己不喜歡電影，或許是步調快得來不及消化內容。我向喜歡電影的朋友提到這點，結果對方回答「你的人生缺了一半」。我也不是對電影厭惡至極，我還有幾部挺喜歡的電影……

算了，回家休息吧。

我正要開口，千反田喜形於色地搶先說：

「太好了！大家一起去吧！」

「可是我……」

「其實對方說希望我帶三個人去，古籍研究社成員人數剛好。」

聽我說啊！

里志露出邪惡的笑容，拇指朝我比了比。

「千反田同學，奉太郎有話想說。」

「折木同學，你也會去吧？」

呃。

「……不去嗎？」

啊。

註：「ミステリー（Mystery）」，原意「神祕」，國內習慣譯為「推理小說」。本書皆用英文表示，以免產生混淆。

每次都這樣，為什麼我這麼不會應付千反田呢？還沒回答我就猜得到，無論我回答什麼一樣得去。如果我堅持不去，她大概不會勉強我，但重點就在我沒理由堅持不去。

我聳聳肩。好吧，反正回家也沒事做。

視聽教室的布簾全部拉下，有效阻隔了夏末的陽光，室內一片昏暗。

有個女生彷彿從黑暗中突然冒出，會有這種錯覺想必是因為她穿了深藍色便服，我至今還看不清她的輪廓。

千反田對那個人說：

「我照妳的話帶朋友來了。」

那人朝我們走來，此時我才看清楚她的樣貌。

她的身高跟千反田差不多，稍微再高一點，體型十分纖瘦，眼睛細長，眼角上揚，臉頰到下巴的線條尖削俐落，大致還算漂亮，但她給人最強烈的印象是冷峻。她的氣質威嚴十足，完全不像只大我們一屆的高中生。若用其他職業來比喻嘛……對，就像鐵血警官或教師……不，可能更像自衛官，而且職位還在尉官以上。她的臉上沒有笑容，但也並非板著臉，比較接近面無表情。她的聲音也符合這種形象，既低沉又冷靜。

「喔，太好了。」

接著她的視線掃向我們每一個人。

「歡迎，感謝你們應邀前來。」

千反田指著我們依次介紹。

「這位是伊原摩耶花同學，這位是福部里志同學，這位是折木奉太郎同學，都是古籍研究社的成員。」

介紹之間，那女生的表情好像有些變化。她笑了？在黑暗裡看不太清楚，反正她立刻又恢復原本的表情，朝我們行了個禮。

「今天要麻煩各位了。我是入須冬實。」

她一報姓名，里志立刻有了很大的反應，他雀躍地說：

「喔！妳果然是入須學姊！我們上次見過面。」

姓入須的女生看了里志一眼。

「你叫福部里志？不好意思，我沒有印象。」

「是嗎？我參加過六月最後一次文化祭委員會，坐在最後面。」

「我不太記得，發生過什麼事嗎？」

入須語氣平淡，不知她是真的忘記或是裝傻，里志仍然開心地說：

「當時學姊為音樂類社團和戲劇類社團調停紛爭，我都看到了，真的很精采。我早就想認識學姊了，想不到會在這種場合見面！」

「喔，我想起來了。」

態度冷漠。

「我並沒有做什麼。」

「對，就是這點厲害。學姊只說了三次『主席，應該聽聽他的意見』，短短五分鐘就解決了這場爭執，我在心中都忍不住鼓掌叫好！主席真該向入須學姊道謝。」

最少讚美別人的鐵定是伊原，里志除了開玩笑之外也很難得大力稱讚別人，此刻竟然這樣極力讚美入須冬實，我不清楚事情經過，但她一定做過很了不起的事。我一邊呆呆想著，一邊聽他們交談。

里志流露尊敬的眼神，入須倒是沒什麼反應。

「是嗎？」

「入須姊，妳不是說過對學校活動沒興趣？」

千反田問道，入須點頭。

「福部，你說的那個委員會，我只是以代理身分參加，所以記不得了，請別覺得不舒服。」

「喔……我不會那樣想啦。」

里志嘴上這麼說，卻難掩失望的臉色。一旁的伊原對千反田問道：

「小千，你們怎麼認識的？」

「我和入須姊嗎？我家和入須家有些往來，我從小就受到她不少關照。」

千反田家竟然有全家共同往來的對象？我們家都沒有呢，名門也有名門的難處啊。照這樣看，入須的家庭也大有來頭嘍？或許是，或許不是，反正無論是不是，都跟入須冬實這個人無關。

「別說這些了。」

入須拉回話題，拿起一件長方形的物體，似乎是錄影帶。

「今天占用你們的時間，是想請你們看看這捲錄影帶。千反田大概已經說過了，這是我班上的人製作的，希望你們看過之後誠實地發表感想。」

「我很期待。」

千反田說。

這很像真正的試映會，但是為什麼？我提出了心裡的疑問：

「光是這樣就好了？」

入須凝視著我的眼睛，從黑暗中射來的視線盯得我無法動彈。在壓迫感中，我仍說道：

「只要在看過之後發表感想就好？」

「有什麼不對嗎？」

「假使我們看完之後批評得一無是處，你們也不可能重拍吧？這又不像真正的試映會是為了宣傳，我不懂為什麼要叫我們看。」

不知為何，入須滿意地點點頭。

「問得好。沒錯，光是叫你們看毫無意義。我可以直接回答你，但你們先看過會更有效率。如何？」

唔……真不是滋味，不過我很喜歡「有效率」一詞，因此不再多說。

我表示同意之後，入須繼續說：

「這部錄影帶電影還沒取名，姑且先稱作『Mystery』。看完影片後，我會請教你們一個問題，希望你們記住這點，盡量看得仔細些。」

伊原問道：

「既然叫『Mystery』，那就是推理劇嘍？」

「我們是不是該做筆記呢？」

「妳要這樣想也行。」

「嗯，能看得這麼仔細當然更好。」

我們所有人都把東西放在地科教室，伊原表示要回去拿書包，里志說：

「我負責做筆記吧。」

里志從片刻不離身的束口袋裡拿出手冊和筆。原來他都帶著這些東西啊？

入須看了手表一眼，那是款式簡單的銀色手表。

「差不多該開始了，請隨意找位置坐吧。」

我們照她的話各自就座，里志也翻開手冊，入須見狀便走向控制室，在鐵門邊回頭對我們說了一句：

「請你們好好奮鬥。」

門軋吱闔上，緊接著絞盤轉動聲傳來，前方降下一面白幕。我靠在椅背上，把姿勢調整得舒適點。

話說回來，入須準備得真不周到，看電影怎麼能缺少爆米花呢？

沒有名字的電影當然也沒有片頭，影像突兀地開始播放，我一眼就看得出畫面裡是熟悉的神山高中普通教室，桌子擺放得很整齊。鏡頭拍到窗戶，從外面的天色可知時間將近傍晚，應該是放學後。

旁白開始說話，是個渾厚的男聲。

「要敘述這件事，還是得從這裡說起。二年F班一群有志之士為了留下高中生活的回憶，決定參加KANYA祭。但是該做什麼呢？他們在某天放學後召開了會議。」

附加說明，KANYA祭是神山高中文化祭的俗稱，但古籍研究社的人不這樣叫，理由不是簡單幾句話就能說清。

畫面出現學生的身影，共有六人，他們把椅子圍成一圈，相對而坐，大概在開會討論文化祭要辦什麼活動。鏡頭慢慢拍出每一個人的臉，旁白依次介紹他們的名字。

首先是身材壯碩，很適合參加武術社團的男生，他一頭短髮，在六人中身高最高，名叫「海藤武雄」。

接著是唯一戴眼鏡的高瘦男生，雖然正在拍攝，他卻顯得很焦躁。名叫「杉村二郎」。

再來是皮膚黝黑，有一頭披肩褐髮的女生，她在入鏡的短短幾秒內就撥了兩次頭髮。

名叫「山西綠」。

然後是個矮小微胖的女生，說她微胖，或許只是圓臉給人這種感覺。她叫「瀨之上真美子」。

還有一位神情親切的男生，頂著一頭紅髮，跟他正直的形象不太搭調。叫做「勝田竹男」。

最後是目光低垂，一看到鏡頭就撇開臉的女生，她打扮樸素，身材是眾人之中最嬌小的，名叫「鴻巢友里」。

旁白每念一個名字，里志動筆寫字的聲音也隨之傳來。此時還不知道他們的名字要怎麼寫，所以他先抄下拼音。

介紹結束，場面靜止片刻，高瘦眼鏡男杉村像收到暗號似地開口：

「我想用楢窪地區當主題。」

伊原發出「呃」的一聲。我了解她的心情，這台詞念得真死板。

「楢窪地區？」

一直摸頭髮的山西問道。紅髮的勝田說：

「我聽過這地方，在古丘町吧？」

「對，那是廢棄村莊，因發現礦脈而興起，礦產挖光又荒廢了。」

連續幾個人都演得很生硬。確實合該如此，千反田說電影是「二年F班參加運動類社團的人為了推出文化祭班展而拍攝」，所以這些人裡面不可能有話劇社的成員。

身材魁梧的海藤盤起粗壯的手臂。

「唔……採訪廢村啊……滿有意思的。」

「我去過一次，景色很有魄力，值得一看，而且用研究歷史的角度去看一個村莊的盛衰也很有趣。」

「哪裡有趣了？」

山西演得真好，完全表現出這句台詞的不屑，說不定這是她由衷的感想。這時圓臉的瀨之上做作地傾身向前。

「可是採訪很有趣啊，可以去廢墟耶，我從來沒看過廢墟。」

一直低著頭的鴻巢插嘴說：

「我也聽過栖窪……要深入山區，從最近的站牌過去得走上一個小時。」

「天哪～」

山西不滿地說。原來她扮演的是這樣的角色。

海藤神色自若。

「一個小時又怎樣？連遠足都不如，只算得上野餐。」

「那就決定了，文化祭的班展主題是調查栖窪。」

杉村下結論後，勝田提出異議說光是調查廢村不夠精采，山西表示贊同，建議換個主題，瀨之上認為只須在這主題多費些心思，但是被問到該怎麼做的時候她又答不出來。杉村提議用冒險故事般的表現手法，卻被所有人批評老套。鴻巢提議的靈異風格倒是獲得一致好評，有人認為缺乏題材無法進行，杉村很輕率地說只要去調查自然找得到。後來還上演了誰愛誰、誰恨誰之類描繪人性醜陋面的情節，這些全略過不提。第一幕的重點只有一句話，即是畫面變暗之後旁白說的那句：

「一週後，他們去了古丘町楢窪地區。」

畫面黑了一下，接著播放的影像不是學校，而是充滿盛夏特有濃綠色調的山林風光，應該是楢窪地區。

我聽過古丘町，那個小鎮坐落於神山市北方二十公里，由於有鉛礦還是什麼金屬的礦產而繁榮一時，後來自然而然地凋零，礦山關閉之後便無任何主要產業。而楢窪地區呢？

伊原向里志問道：

「小福，你聽過楢窪地區嗎？」

沒想到里志真的知道，其實我也不怎麼驚訝。

「嗯，古丘礦山以前有礦坑，雖然交通不便，但在礦山全盛時期非常繁榮。」

里志提了幾個知名演歌歌手。

「……這些人都去過喔。」

伊原看似吃驚，我也覺得很意外，因為里志說的都是天王級的巨星。

「不過……」

里志正要說下去，但千反田短促地出言制止。

「要開始了。」

鏡頭拍攝夏天的雜木林，然後轉了一百八十度，出現一群學生。他們跟剛才不一樣，全都穿便服，而且是熱天的輕便打扮，每人各自背著小登山包，不知道裝些什麼東西。

山西站定說道：

「好熱喔。走這麼久還沒到嗎？」

杉村回答她。

「就快了，剩下的路程不到五分鐘。」

「你剛剛也這樣說。天氣這麼熱，我快累死了啦。」

「又不是只有妳覺得熱。好啦，繼續走吧。」

海藤說完，這群人又繼續往前走，攝影機也跟在後頭。

楢窪地區果真在深山裡，道路兩旁連綿不絕的雜木林似乎從未開發，樹木之間不時看得見遙遠下方的古丘町街道。有柏油路，但到處都已破損，靠邊的柏油路面明顯地崩壞，隨處可見拳頭大的石塊。或許是路面太破爛，畫面震動得很厲害。這些演員毫不專業，攝影師也一樣，畫面差到像我這種很少接觸電影的人都看得出攝影師有多生澀。

影像突然中斷，鏡頭移到這一行人的後方繼續拍攝。沒過多久，帶頭的杉村托一下眼鏡，指著前方說：

「你們看，那裡就是楢窪！」

其他人都站到杉村身旁。攝影機轉往杉村指的方向，映出一片山中窪地，那裡是個廢墟。

我雖然住在偏僻的都市，畢竟還是現代日本，要把距離僅有二十公里的地方稱為廢墟，總覺得非常脫離現實。畫面裡有棟孤單聳立的髒污房子，窗戶破裂，屋頂殘缺，正在緩慢地傾圮。還有幾棟聚在一起的公寓，可能是從前的礦山工作人員住所，藤蔓無視人類的存在，以旺盛的生命力侵蝕、包圍公寓。看似商店的建築物仍掛著瓷質招牌，更強調出無人小鎮的寂寥。果真沒錯，杉村在劇中也說過這句台詞，楢窪值得一看。

攝影機仔細地拍攝這裡的景象，畫面的魄力甚至能讓人忘了攝影師的生澀手法和演員的拙劣演技。

演員好像也因眼前的光景大受震撼，某人背對鏡頭喃喃說了一句「好棒喔」，我猜這一定不是原本的台詞。

戲劇繼續上演。

「對耶，這個地方真的值得採訪。」

勝田說著，從口袋掏出即可拍相機拍照。瀨之上拿起筆記，不知寫了什麼。海藤等他們告一段落，大聲發出指示：

「我們先找今晚落腳的地方，找好之後再來採訪。」

「那裡可以吧？」

鴻巢指向廢墟。攝影機朝她指的方向拉近鏡頭，有一棟類似劇場的大型建築物，跟這小村落很不搭調。

「待在那裡就不怕下雨了。」

「喔？我們過去看看。」

六人走下山坡前往聚落，接著畫面消失。

再開始拍攝時已經到了劇場，眾人在左右對開的玻璃門前站成一列，同時抬頭仰望建築物。鏡頭沿著骯髒的牆壁往上移，仰角拍攝的劇場有種強烈的存在感。

攝影機又下移對著這群人，海藤拉開玻璃門，其他人陸續跟著走進去。最後面的是仍低著頭的鴻巢，她低聲說：

「我總覺得有種不好的預感。」

她也走進劇場。門保持敞開，六人走入黑暗。畫面消失。

此時伊原和里志不約而同地大喊。里志的語氣很開心，伊原則是不滿。

「是洋館推理劇耶！」

「竟然是洋館推理劇？」

攝影機在洋館……不，在劇場內繼續開拍。廢村不可能有電力，因此室內昏暗不明，跟夏季陽光下的清晰物體輪廓相比，畫面很不清晰，但不至於無法分辨哪個演員是誰。地板可能是石材，六人的腳步聲叩叩響起。

「好多灰塵……」

山西出言埋怨，又是拍衣服，又是摸頭髮。從畫面給人的印象來看，四處都布滿塵埃。勝田抬頭望去。

「屋頂好像很穩固。」

瀨之上依然拿著筆記，她朝杉村轉頭。

「沒想到深山裡竟然有這種劇場。」

「因為這座礦山以前很富裕，再說深山裡更需要這些娛樂，否則一定會讓人待不下去。」

很喜歡這類話題的里志「喔」了一聲，悄悄對我說：

「也有一些值得玩味的台詞嘛。」

我倒是不在意電影台詞有沒有趣。

畫面裡的海藤踏踏地板，他的高大體型讓地板發出巨大噪音。我對他的動作感到不解，此時鏡頭移向他的腳邊，有些東西在微弱的光芒之下閃閃發亮，好像是玻璃碎片。

「今晚大概得住這棟房子……」

海藤誇張地皺起眉頭。

「不過這裡太危險了，滿地都是碎玻璃。」

攝影機在室內環視一周，陰暗之中看不太清楚。這裡若是劇場，這群人所在位置應該是玄關大廳，眼見之處有兩道樓梯，一間房間。攝影機以仰角鏡頭再環視一周，看得到二樓，可知大廳天花板有挑高。杉村和勝田相繼說道：

「還是先找可以過夜的地方吧。」

「是啊，趁著天色還沒變暗。」

海藤點頭，看著眾人說：

「我們分頭去找能用的地方。有沒有平面圖啊？」

「這裡有一張。」

鴻巢在玄關牆邊向他招手，海藤走過去，畫面在此切換。

鏡頭持續拍著鴻巢找到的劇場平面圖。或許是顧慮到平面圖在黑暗中看不清楚，唯有此時亮起手電筒的微弱光芒。

「喔喔！平面圖來了！」

里志興奮地說道，立刻描下那張圖。平面圖的細節模糊不清，還好是用大布幕播放，還能勉強辨識出文字。圖片整整出現了三十秒，里志得以及時畫完。

照平面圖所示，這間劇場有兩層樓，進了門是玄關大廳，即是這群人現在的位置，旁邊還有一間管理室。繼續往前有一道牆壁，還有通往劇場大廳的門，劇場大廳內當然有舞台。內設舞台的劇場大廳兩側都有走廊，左右走廊上各有兩間準備室，盡頭通往舞台兩翼側幕。附加說明，以觀眾席的視角為準，右邊的側幕叫「上手翼」，左邊的叫「下手

註：「上手」意即上座，從觀眾角度而言為舞台右側，重要角色在習慣上都站在右側。「下手」則是相對卑位的左側。

翼」。（註）

玄關大廳左右都有樓梯通往二樓，爬上右側樓梯可由連接燈光室的走道到達舞台上部，走左側樓梯能到達管理室正上方的工具室、位置和燈光室左右對稱的音響室，以及舞台上部。二樓左右兩條走道在玄關上方相連，所以走右側樓梯當然也到得了工具室。

螢幕裡的一群人想必正看著這幅圖。

畫面由平面圖變成海藤的特寫。

「我們分頭調查吧。」

「會不會很危險啊？」

勝田說。

「這種廢墟會有什麼危險？」

海藤反駁之後，瀨之上提出疑問：

「房間進得去嗎？應該都鎖住了吧？」

鴻巢幫海藤回答：

「不用擔心，我想應該有那個……」

她走進玄關大廳旁的管理室。說也奇怪，管理室竟然沒有上鎖。攝影機跟著鴻巢進入管理室，巢鴻東張西望一下，喃喃說著「果然有」，接著走向牆邊的鑰匙盒。

「你們看。」

鴻巢拿著一堆鑰匙走出去，鑰匙盒裡只剩一把。攝影機拍了那把鑰匙，我正覺得光線太暗，立刻有光照過來。匙柄上寫著「萬能鑰匙」。

「有這些鑰匙就能打開房間了。」

鴻巢回到大廳，把鑰匙拿給海藤看，他點點頭，選了一把鑰匙。

「每人各拿一把鑰匙，找找看有沒有能用的房間。亂一點沒關係，重點是火災時方便疏散，可以安心躺下來過夜的地方。」

鴻巢把鑰匙擺在眾人面前，先取走自己的分，其他人也陸續伸手去拿，鑰匙一把都不剩了。

「如果在現實生活裡……」

里志含笑說道：

「到這種地方不是都會集體行動嗎？怎麼可能分頭行動嘛。」

「來到廢墟裡的廢棄建築物已經夠不現實了，誰還管這種行動怪不怪？」

里志的笑意更深了。

「不，不算奇怪。若不分頭行動就沒辦法出事了，這是定律。」

「所以說……」

「沒錯，等一下就會出事。我可以跟你賭一客起司熱狗堡，他們分開以後，絕對有一個人回不來。」

坐在里志身旁的伊原惡狠狠地瞪著我，大概在叫我廢話少說，安靜地看。明明是里志先開口耶……

畫面之中，拿了鑰匙的眾人各自確認過平面圖，一個個走向房間。第一個是海藤，接著依序是杉村、山西、瀨之上、勝田，鴻巢。大廳裡一人都不剩，鏡頭繼續拍了一下無人的畫面才切斷。

黑暗中響起旁白的聲音。

「事情立刻就發生了。」

「我就說嘛。」

這句話是里志講的。

瞧，伊原又在瞪人嘍。

接下來的畫面是玄關大廳。

依然空無一人。

鴻巢首先從右側樓梯走下來。

接著山西從左側走廊現身。

過了一陣子，勝田也從左側走廊出現。他對先回來的兩人說：

「妳們那邊怎麼樣？」

山西一臉不耐地回答：

「到處都是鏡子碎片，沒掃乾淨不能住人。」

鴻巢只是默默搖頭。

「這樣啊……我那邊也差不多。」

後來瀨之上從左側樓梯走下來，她在樓梯上舉手比出一個大叉。

勝田抬頭仰望，攝影機也跟著他的視線移去，由此可知站在天花板挑高的大廳能清楚看見二樓工具室的窗口。窗戶的鏡頭不自然地停留良久，勝田才對著二樓大喊：

「喂！杉村，你那裡怎樣？」

杉村從窗戶探出頭來。

「很乾淨，也沒有易燃物，應該可以用。」

「是嗎？那你先下來吧。」

「好。」

杉村如言立刻下樓。大廳裡有五個人，大家望著彼此。

果然少了一個人，「受害者」出爐了。

山西說：

「海藤呢？」

「大概還在找。」

勝田歪頭說。

「算了，閒著也是閒著，我們去找他吧。海藤是往那個方向走嗎？」

他指著右側走廊，其他人紛紛點頭。勝田領著眾人走進右側走廊，攝影機隨後跟上。

走廊裡面更暗，幾乎看不出來畫面在拍什麼。

有人打開手電筒照亮走廊途中的門。勝田打開門，只見準備室裡陳設著一排鏡子，衣物散亂滿地，但不見人影。

「怪了。」

「會不會在後台？」

大家聽了這句話，又一同前往走廊盡頭。這裡黑得伸手不見五指。手電筒再次亮起，照向通往上手翼的門，門上貼著「非相關人士禁止進入」。勝田去轉門把，卻轉不動。

「怎麼了？」

「打不開，鎖住了。」

「怎麼辦？」

「……管理室有萬能鑰匙，我去拿來。」

這段分不清發言者的對話結束後，傳出啪噠啪噠的腳步聲，聽起來有兩種，大概有兩個人一起去。畫面中斷片刻，接著拍出光線照亮的門，以及插鑰匙的聲音。門開了，一行人走進裡面。

上手翼有扇窗戶，陽光驅走了原先的漆黑，藉由這片光亮能看見窗邊倒著一個人。不用說，這人便是海藤。

「海藤！」

杉村立即衝過去，勝田隨即跟上。杉村在海藤身前跌了一跤，他爬起來，凝視著自己的手掌。攝影機靠過去拍他的手，光線不足看不清楚，只知他的手似乎沾到東西。杉村喃喃說道：

「血……」

尖叫聲傳來。鏡頭朝向門邊的三個女生，山西驚愕地摀著嘴巴，瀨之上抱住自己的身體，鴻巢緊握著拳頭。倒地的海藤滿腹鮮血，緊閉眼睛。他這樣演也好，比拙劣地翻白眼強多了。鏡頭往海藤的身邊拉近，拍到一隻手臂，應該是道具，不過在陰暗畫面的輔助之下很有震撼效果。海藤拿去的鑰匙就掉在那隻手臂旁。

「唉……」

身邊傳來了嘆息聲，是千反田嗎？

畫面裡，隨後跟上的勝田也愣住了。

「海藤！混帳，是誰幹的？」

他很快回過神來，然後衝到牆邊開窗。那是直開式窗戶，絞鍊因長期沒使用而卡死了，搞了半天還是打不開。勝田抓著窗框猛搖，幾乎是靠全身力量撞開，接著他將身體探出發出厚重聲響的窗戶，觀察外面。總是晃動不停的鏡頭也轉向窗外，映出牆邊滿是茂盛夏草的景象。

勝田轉身進入舞台。鏡頭突然從明亮的室外轉向昏暗室內，使畫面頓時變得一片漆黑，但仍看得出鏡頭跟著勝田。他衝過舞台，一口氣跑到下手翼，卻赫然停下腳步，因為連接下手翼和左側走廊的門完全被木材堵死了。

「怎麼可能……」

影像變暗。

然後……

畫面就這樣消失了。

「……」

我等了一下子，布幕還是沒映出任何畫面。

「播完了嗎？」

伊原以無力的語調問道。

「好像吧……」

里志一說完，絞盤有如收到暗號開始轉動，白幕漸漸捲起。千反田伸手試圖阻止布幕收起的動作真是教人感傷。

「咦？咦？明明還沒結束啊？」

「先等一下，說不定器材故障了。」

我這樣說，後面有個聲音回答：

「不是的。」

回頭一看，入須不知何時已走出控制室，站在我的背後，手上拿著錄影帶。

「影片只到這裡為止。」

入須毫不驚訝，她必定知道錄影帶只到這裡。里志以打圓場的態度說：

「所以故事也到此結束？就像『結局在各人心中』那種結尾方式？」

「當然不是。」

簡單說，這部影片沒有完成？錄影帶電影都還沒拍完，竟敢請人參加試映會？

我乾咳兩聲。

「可以請妳解釋一下嗎？試映會應該不會就這麼結束吧？」

入須凝視著我，點點頭。

「我會解釋的，但我想先問一個問題……你們覺得這影片的拍攝技術如何？」

我們面面相覷。不知道千反田是怎麼想的，但我們這三人的意見多半相同。先回答的是伊原。

「恕我直言，我覺得很生澀。」

入須一定猜得到會有這種答案。

「我也這麼想……你們應該很清楚，KANYA祭是學藝類社團的慶典，實在沒有班展上場的餘地。但是我班上的人不這麼認為，即使擁有必要技術的人都忙於準備社團展覽，這些人還是堅持做出自己的作品。然而，缺乏技術的人灌注再多的熱情，結果還是不會改變，正如你們所見。」

她不帶一絲感情地說出辛辣的真理。

那也沒啥大不了吧？我如此想著，入須也說出一樣的話。

「這是無所謂，反正他們只想做出自己的成果，隨他們高興就好了。即使別人看到之後批評或嘲笑，他們大概也不在意，只顧著活在自我滿足的世界。雖然愚蠢，倒也不是不能諒解。」

「學姊的意思是，重點不在成果好不好？」

伊原問道，入須點頭說：

「不能說無關緊要，畢竟完美的成果也能讓人加深興趣，但我認為這一點不是最要緊的……你們認為這個企畫的致命傷是什麼？」

里志想了一下，答道：

「沒有完成？」

「是的，這樣一來連自己都滿足不了，可是錄影帶還沒拍完。你們也知道，這個外景地點很特別，他們只有暑假能拍攝。」

「拍攝過程不順利嗎？」

千反田關心地問。

「即使有困難，他們也想辦法解決了。考慮到交通問題和劇本撰寫進度，他們決定分成兩次拍攝，行程安排得很妥當。光從時間來看，下週日出過外景應該就能完成錄影帶。」

「結果天不從人願？」

我諷刺地說，入須仍真誠地回答：

「把工作交給缺乏技術的人是個錯誤決定，造成了致命傷。他們決定拍錄影帶電影時，唯獨想好內容要拍Mystery，卻找不到適合的人來寫劇本。有創作經驗的僅只一人，叫做本鄉真由，她不過是平時畫些漫畫，卻被找來編寫全長一小時的電影劇本。」

連毫無寫作經驗的我都能理解這種處境有多艱困。我瞥見一旁的伊原皺起眉頭。對了，伊原也是「平時畫些漫畫」，她一定很同情那個人。

「本鄉真的很拚命，她從沒接觸過Mystery，能寫出這些已經很難為她了，但她也因此用盡力氣，寫完你們剛剛看過的部分之後就病倒了。」

千反田聽到病倒一詞非常驚訝，她叫道：

「她怎麼了？」

「神經性胃炎，精神處於憂鬱狀態。雖然不算重病，但也不能再要求她了，必須找一個人來接替。」

我悚然心驚。

「難道是指我們？」

叫我們當劇作家？

入須微微地笑了。

「不，我要拜託你們的不是這件事，我只想舉行試映會，在你們看完之後問一個問題……你們認為誰是這案件的兇手？」

仔細想想，這影片稱為「Mystery」卻沒有類似偵探的角色，最主要的理由當然是還沒進入解謎劇情，第二個理由嘛，從我聽到的企畫動機來判斷，每個演員的戲分必定會平均分配。話雖如此，我真想不到竟是由我們來擔任偵探角色……

我正覺得難以接受，伊原率先提出疑問。

「學姊，妳問我們兇手是誰，可是光靠剛才的影片未必能找出兇手吧？」

入須搖頭說：

「用不著擔心，本鄉是正要寫解決篇時病倒的，下一幕就會進入解謎階段了。」

里志也問道：

「可是，偵探小說新手所寫的劇本真的能條理分明地布局嗎？如果有個出人意料的結局就麻煩了。」

「這點也不需要擔心，劇本可是她拚盡全力寫出來的，她還做過一番『Mystery研究』，應該嚴守了十戒、九命題、二十法則。」（註）

千反田的臉上浮現出問號，我想自己大概也是。什麼十戒啊？

「十戒……是『不可妄稱耶和華的名』那些嗎？」

幹嘛拿最冷僻的一條來舉例？

里志得意洋洋地答覆千反田的疑問：

「不，這是諾克斯模仿摩西十戒寫的十條戒律，譬如『不能有中國人角色』，簡單說就是偵探小說必須遵守的規則。如果本鄉學姊真的遵守這些規則，就不用擔心缺乏公平性。」

不能有中國人角色？娛樂作品寫出中國人角色會造成什麼政治問題嗎？可是科幻作品明明有很多中國人……再說這跟公平性又有什麼關係？去調查這個叫諾克斯的人會找到答案嗎？

我還在滿心疑惑時，入須做出了歸納。

「也就是說，該給的提示全都給了。所以從這些線索來看，兇手會是誰呢？」

她在問我們深山廢村凶殺案的兇手是誰？簡直開玩笑。

里志、伊原、千反田面面相覷。

「就算問我，我也答不出來啊，資料庫是做不出結論的。」

「嗯，我有點懷疑某人啦……但不太有自信。」

「請問，海藤學長在影片裡死掉了嗎？」

幾個人隨口發言之後，同時朝我看來。在這三人的注視下，我靠著椅背望向遠方。

「幹嘛？」

註：隆納德・諾克斯（Ronald A. Knox）「推理小說十戒」、雷蒙・錢德勒（Raymond Thornton Chandler）「九命題」、范・達因（S. S. Van Dine）「推理二十法則」，皆為推理小說寫作原則。

「沒有啦，只是覺得這工作應該由你負責。」

里志掛著一貫的笑容厚著臉皮說。

「這工作是指什麼？」

「偵探角色啊。」

我完全想像得到自己臉上的表情如何。就跟里志說的一樣。

「看你一副厭惡的樣子。」

我默默點頭。身為一個平凡的高中生，又是個節能主義者，我當然會徹徹底底抗拒別人對我抱有錯誤的認知，因為我不希望太受抬舉，更重要的是……

「我沒看得那麼投入。」

千反田馬上回我一句：

「那我們再看一次吧！」

需要嗎？

入須彷彿看穿我的內心，說道：

「我只是想聽聽參考意見，請輕鬆地發表就好。」

「這樣啊……大概是山西學姊。」

千反田歪著頭。

「為什麼？」

「她的態度最差。」

「折木！」

伊原厲聲斥責，但我無動於衷。伊原可怕的地方在於她對過錯毫不留情，我現在又沒有犯錯。

「不然就勝田吧，他看起來很壯。」

里志嘆著氣盤起雙臂。

「唉，你好像沒什麼幹勁嘛，不想亂出主意嗎？」

這理由沒錯，而且不只如此，還有一些事始終令我無法釋懷。我對凝視著我的入須說：

「我想請教一下。」

「請說。」

「為什麼找我們這些不相關的人來問？二年F班的事應該讓二年F班的人自己解決吧？」

入須點頭，像是在說「言之有理」。

「我們也曾一起討論，廣泛徵詢大家的意見，我說不上來他們的意見哪裡不對，總之都不太可行。我再重複一次剛才那句話吧，缺乏必要技術的人當然做不出好成果。」

「學姊自己也是？」

「很遺憾，我很想專心思考讓誰擔任兇手最適當，但我還得顧全大局，不能把時間全花在這裡。」

「既然如此，為什麼一開始不否決Mystery這個題材呢？」

我的語氣有點像質問，入須此時首次垂下目光，口吻卻還是一樣冷峻。

「我一開始沒參加這個企畫，這三週我都待在北海道，前天回到神山才聽到擔任導演的人敘述事情經過，被推出來收爛攤子。如果我能從頭參與，絕對不會讓這種簡陋的企畫通過。」

這樣說來，這件事根本和妳沒關係嘛，難道是不忍心看同學陷入困境？……這些話即便是我也問不出口。

我換了一個問題。

「第二點，為什麼找我們？學姊跟千反田說得那麼拐彎抹角，其實早已打算好要找我們吧？神高雖然小，學生少說也有上千人，為什麼偏偏選我們古籍研究社？」

「第一個理由是，我認識千反田。」

或許可以再加一句「所以我知道千反田一定感興趣」。接著入須和我四目交會。

「另一個理由，因為古籍研究社有你在。」

「我？」

真是出乎意料的答案。我不用看也知道千反田、里志、伊原都望向我這邊了。我能解決《冰菓》那件事全靠僥倖，但我也不是毫無貢獻，一定是因為這樣。然而入須和我素未謀面，為什麼會想到要來找我？

入須不知為何露出微笑。

「有三個人跟我提過你，一個是千反田，一個是校外人士，還有一個是遠垣內將司，你認識吧？」

遠垣內將司？

「誰啊？」

「折木，你究竟要健忘到什麼地步啊？他是壁報社的社長啦！」

喔，他呀。我想起來了，同時也感到心虛。

遠垣內這個高三生跟我有過一些瓜葛，細節就不提了，總之他想隱瞞某件事，而我抓住他的弱點稍加威脅，不算是多愉快的回憶。入須似乎從我的表情看透了一切。

「別擔心，遠垣內並不怪你。」

那真是感激不盡，有機會的話代我向他問好吧。

「當我確定所有成員都沒這種才能時，突然想到可以請你來擔任這部電影的偵探角色。」

「……」

「真厲害，奉太郎，你的成績獲得了廣大迴響耶！」

我瞪了出言調侃的里志一眼，接著望向入須，忍不住喟然而嘆。叫我當偵探？我最直接的感想就是……

「我不想負擔不當的期待。」

很意外地，入須竟然爽快地放棄了。

「說得也是。」

她停頓片刻，又說：

「我請你們來看這捲錄影帶只是想賭賭看，說不定能乾淨俐落地解決，看來是我想得太美了……造成你們的困擾真抱歉。」

入須說完便低頭鞠躬。

「還有其他想問的事嗎？」

我氣焰大減，什麼都不想問了。

入須確定大家都沒問題後，草率地說出結語。

「那麼試映會到此結束。感謝你們，辛苦了。」

然而事情並沒有就此結束，我都忘了還有那傢伙在場。沒錯，就是能從森羅萬象之中找出謎題的好奇寶寶，千反田愛瑠。

入須剛轉身，千反田立即哀號似地叫住她：

「請等一下！」

「……還有什麼事嗎？」

「請問，這樣下去那齣電影的結局要怎麼辦？後面要怎麼辦呢？」

入須轉身回答：

「不知道，只能繼續努力，我也做好作品拍不完的心理準備了。」

「這樣我會很困擾的！」

妳困擾個什麼勁兒？人家入須才困擾咧。千反田朝入須走近。

「如果真像入須姊說的那樣拍不完就太教人難過了，我不希望這樣。」

妳不希望個什麼勁兒？人家入須更不希望吧？

「而且……而且……」

我捏捏眉心。沒救了，她又來了。入須挑千反田來參與這件事真是挑對人了。

「我很好奇，為什麼本鄉真由學姊一直不肯放棄，以致傷害了別人的信賴和自己的健康？」

我身旁的里志說：

「奉太郎，先不提『偵探角色』，你不覺得想解決這件事還缺少一些資訊嗎？」

「嗯，的確。」

「換句話說，如果蒐集得到資訊，或許就能解決，對吧？」

我不覺得事情這麼簡單。

千反田卻中了里志的誘導，猛然轉頭看著我。

「折木同學，我們來調查吧，來繼承本鄉學姊的遺志吧！」

「本鄉還沒死。」

入須冷靜地糾正，不知那位大小姐有沒有聽進去就是了。

里志又說：

「摩耶花，社刊製作的進展如何？延個一週還來得及吧？」

伊原滿臉怒氣地回答：

「進度最慢的就是你啦，我自己的事都做完了。」

「這、這樣啊……那就用不著擔心了。」

接著伊原自言自語般地說：

「我也想看看這部電影的完整版。姑且不論攝影技術，我真沒料到日本廢村的景色那麼有感染力。」

至於我……

我還是一樣不會應付千反田。事情演變到這種地步，即便我果斷拒絕也跑不掉了，而且事已至此，逃避會比插手耗掉更多能源，這樣等於浪費，我最討厭的就是浪費。

可是，這件事……

我不可能答應入須的要求去當偵探，因為有一項完全無關我那節能格言的理由。其他三人可能還沒發現這點，也可能發現了卻保持沉默，我盡量裝出冷漠的語氣對他們說：

「假如我們現在一口答應，最後卻失敗了，該怎麼辦？難道要在殺氣騰騰的二年F班眾人面前下跪道歉嗎？」

我們不是偵探小說研究社，而是活動目的不明的古籍研究社。在我看來，我能在《冰菓》事件大為活躍全是仰賴運氣，如果隨便答應入須，勝算實在不大，難道因此就要我們為二年F班的企畫負起責任？

千反田聽到我那番話，彷彿被人潑了一盆冷水。伊原似乎打算反駁，她正要開口時……

入須抓住絕妙的時機提出一個折衷方案。

「那就不請你們擔任偵探角色了，因為我們班上也有人自告奮勇。你們只要當顧問，聽聽他們的意見，幫忙判斷該不該採納就好，如何？」

顧問啊……如果只要判斷他們推論出來的兇手是否正確，其實也不算顧問，比較像法官或陪審團吧？的確，這樣我們就不用背負不必要的責任了。

我所秉持的節能主義依然令我萌生退意，但事實早就證明，這個動機絕對說服不了眼眶濕潤的千反田。

我只好不甘願地說：

「既然如此，那好吧。」

千反田聽了立刻展露微笑，伊原盤起雙臂，里志對我豎起大拇指，入須則是感謝地鞠躬。我又惹上了麻煩……算了，反正只要坐著聽人家說話就好，輕鬆得很。我默默地暗自興嘆。

……不過，入須抬起頭的瞬間好像露出了難以言喻的滿足笑容，是我想太多嗎？

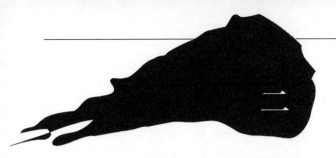

二

「古丘廢村凶殺案」

試映會結束，回到地科教室後，里志隨即說：

「入須冬實很有名耶。」

「喔？難道她上過社會版？」

「唔……我沒聽過這種事，若真的有我也不意外。我早說過了，入須是能和進位四名門相提並論的名家。」

所謂的進位四名門，是指十文字、百日紅、千反田、萬人橋這四個家族，全是神山市赫赫有名的世家。附帶一提，這品味詭異的稱呼出自里志之口，據我所知只有他用過這個詞彙。

里志指著窗戶，外面就是市區。

「入須是戀合醫院的經營者。」

看來他是在指著市區裡的戀合醫院，那在神山市是號稱規模僅次於日本紅十字醫院的綜合醫院，距離神山高中只要走路五分鐘，所以本校有人受傷都會先送去那裡。照這樣看來，入須冬實的確是個名人。

里志見我露出贊同的表情，又繼續說：

「入須冬實有名的地方不只如此，還有她的外號。」

「喔？」

「怎樣啊，奉太郎，要不要猜猜看？」

我沒興趣挑戰猜謎遊戲，但他既然問了，我也很自然地開始思考。里志特地問我這個問題，一定不像伊原的風格那麼簡單，只叫「小入」之類的。看她那冷峻的氣質、傲然的態度、高潔的品行，還為了同學鞠躬盡瘁……唔……

「……德蕾莎。」（註）

里志大笑。

「說得好，你抓到重點了。其實是『女帝』，我好幾次聽人說過『這件事得去拜託女帝』之類的話。」

女帝……這外號也太誇張了。沒想到那個人如此受尊崇，那麼她……

「她是虐待狂嗎？」

正在教室另一邊和千反田說話的伊原突然轉過來。

「那是SM女王吧？」

說完又轉回去。我真佩服她的吐嘈本能。

「是喔……那『女帝』是什麼意思？」

「除了她的美貌之外，也是因為她用人的手段非常高明，她身邊的人隨時都會變成她手下的棋子。」

「喔？」

「我先前提到的總務委員會那件事也是一個例子，入須學姊從所有委員之中挑出三個

註：長年服務貧苦大眾的修女，曾獲諾貝爾和平獎。

各自有些真知灼見的人，依次讓他們發言，事情就解決了。」

這個人真了不得，即使里志的話只能聽信一半，入須也該是個指揮官類型的人。但這可不是我所樂見的情況，因為我無意為別人拋頭顱灑熱血，卻完全被她牽著鼻子走。

我環抱雙臂，里志在我面前輕敲桌子，他敲得很有節奏感的手指遽然停止，然後對著我笑。

「說到這個……」

「怎樣？」

「既然『女帝』都上場了，我們乾脆也來取個代號吧。」

「代號？」

里志盯著半空好一陣子，才以一句「對了」開頭。

「首先，摩耶花是『正義』。」

聽到「女帝」和「正義」，即使我是個毫不迷信的百分之百理性分子也知道他講的是塔羅牌。里志的音量大到伊原也聽得見，我靜待著後續發展。

伊原如我所料轉過頭來，在教室的另一頭遠遠地問：

「為什麼我要當正義的一方？」

里志也轉過身去。

「我又沒說『的一方』。其實我不太確定該選『正義』或『審判』，你們想，不是常有人說正義是嚴苛的嗎？」

我差點忍俊不住。我不知道塔羅牌中的「正義」涵義為何，但就里志的論點來看，伊原的確很適合「正義」。我這麼想著，就被伊原白了一眼。

「笑什麼？」

「喂，妳應該向里志抗議吧？」

「向小福抱怨也沒用，所以乾脆找你。」

……妳太隨興了吧？

伊原很有興致地站起，千反田也跟著起身，兩人一起走過來。伊原在里志身邊挺起扁平的胸部。

「小福，你自己又是什麼？」

「我？這個嘛……愚者，不，應該是魔術師。愚者就獻給千反田同學吧。」

真敢講啊，竟然叫人家愚者，但千反田好像不介意。里志多半也有點擔心，所以補充一句：

「這句話沒有負面意義，千反田同學應該懂吧？」

千反田聽了微笑著說：

「我了解。是啊，我也覺得自己是『愚者』，雖然這也符合我的缺點。福部同學一樣很符合『魔術師』的形象呢。」

這一次看來多半跟塔羅牌的牌意有關。里志和千反田聊起塔羅牌名稱毫無窒礙，我卻完全不理解，看伊原鼓著臉頰的模樣，大概也聽不懂。

「那折木同學呢？」

里志馬上回答：

「毫無疑問，一定是『力量』。」

「為什麼？我覺得應該是『星星』耶……」

「不，無論怎麼說都是『力量』，這個再適合不過了。」

里志笑了出來，那表情彷彿想到一則精采的笑話。千反田歪著腦袋想了一下，始終想不出來，我和伊原當然更不用說。

「究竟是為什麼呢？」

「唔，其實『星星』也不錯啦。」

里志避重就輕地說。千反田又把左傾的腦袋往右傾，還好她沒再說「我很好奇」。我懶懶地靠在椅背上，不悅地說：

「喔……我想大概不是讚美。」

「不會啦。」

里志又自顧自地笑了。可惡的傢伙。

後來話題又偏向其他地方了，雖然沒什麼建設性，反正不會消耗能源，也用不著在意。我們還有明天呢。

隔天。

古籍研究社的成員三三兩兩來到社辦……其實我們只有四人，也稱不上三三兩兩。目的是打發時間……不對，是要討論凶殺案。我不禁自嘲，竟然在神聖悠哉的暑假專程來學校做這種事，原來我也很積極嘛，雖說這次又是千反田害的。事實上我向里志表達過自己沒有意願參加，結果那位大小姐竟然親自跑來我家接我，真是精力旺盛。

千反田不知為何笑嘻嘻的，我不由得嘆氣，里志和伊原在一旁談起今天的計畫。

「現場探勘是最基本的吧？」

「說是這樣說，但現場在古丘町耶，要跑那麼遠嗎？巴士雖然能到，搭電車就得走很久了。」

「偵探當然得勤於走動嘛。話說回來，即使騎腳踏車，二十公里還是很遠。」

「該勤於走動的不是偵探，而是刑警吧？」

饒了我吧，二十公里？我們不是只要坐著聽二年F班的偵探自願者報告嗎？可是實際的情況又會如何？我們在二年F班沒認識多少人，總不能大剌剌地闖進去說「學長，有事商量一下」吧？再說我們也不知道能找誰。我思考著該怎麼做，突然發現千反田異常沉著。

「千反田，妳計畫好今天該做什麼事了？」

她一聽就點頭。

「喔？要做什麼？」

「等入須姊派的人來了，再去見企畫成員。」

她知道對方會派人來?原來她們早就談過了。其實這也是應該的。

「你們是什麼時候討論的?」

千反田像在洩漏機密似地悄聲說:

「其實我用的是瀏覽器。」

瀏覽器……

「幹嘛說得這麼迂迴?不就是網際網路嘛,在這年代又不稀奇。」

「奉太郎,你的講法不太對,應該說全球資訊網。」

里志強烈抗議,但我裝作沒聽見。

「跟網際網路有什麼關係?」

「神山高中的首頁有提供學生使用的聊天室。」

「千反田同學,妳的講法不太對,應該說學校網站的網頁。」

千反田也漠視里志的發言。

「我用聊天室和入須姊談過,她說她可能不來,但會先找好場地,還會派人來幫我們帶路。」

唔,準備得很周到嘛。話說回來,如果她連這點事都辦不好,我們才頭大呢。她被大家譽為女帝,但也不會只想高傲地坐在寶座上。

千反田看著黑板上方的時鐘,我也跟著望去。時間正好是一點。

「我們約在一點鐘,差不多該來了。」

門彷彿等著她這句話，靜靜地打開。

一個女學生走進地科教室，她的身高介於千反田和伊原之間，也就是普通，整體而言挺瘦的，最大的特徵是頭髮剪齊至後髮根。我對時尚認識不多，但也深知當今很少人會剪這麼中規中矩的髮型，再加上她的薄唇，更給人一種品行端正的印象。

她先朝我們深深一鞠躬。

「請問這裡是古籍研究社的社辦嗎？」

千反田立刻回答：

「是的。妳是二年F班的人吧？」

「我叫江波倉子，請多指教。」

說著又是一鞠躬。她明知我們是高一生，這態度也太謙卑了。叫做江波的女生抬頭看看我們，以公事化的語氣說：

「入須把事情託付給我了，等一下我會為各位介紹這企畫的攝影小組成員。如果準備好了，請讓我來帶路。」

就算想準備，也沒有需要準備的東西。我起身表示可以立刻出發，其他人也紛紛站起。江波點頭說：

「那我們走吧。」

我們依言走出地科教室。想到等一下要聽人報告，我的心情不知怎麼地突然變差。事已至此，我也無力回天。

走廊上聽得見銅管樂社開始叭叭叭地試奏，我似乎聽過這個旋律，然後發現那是魯邦三世的主題曲，就跟著哼起來。這時里志靠過來，在嘈雜聲音的掩蓋下說：

「簡直像個僕人。」

什麼？江波嗎？這麼一說的確很像。

下樓以後，樂聲漸漸變小。江波腳不停步地回頭說：

「如果有事想問，請儘管開口。」

對這件事很積極的伊原馬上若無其事地問：

「要跟我們見面的是什麼人呢？」

「妳問名字嗎？他叫中城順哉。」

我朝里志使了個眼色，問他認不認識，里志搖搖頭。看來多半不是名人。

「負責做什麼的？」

「攝影小組的副導演，最了解攝影整體情況的人就是他。」

千反田聽了也問：

「既然有攝影小組，應該還有其他小組吧？」

江波點頭。

「這企畫分為三個小組，包括實際前往楢窪地區的攝影小組，以及待在學校的道具小組和宣傳小組。」

「那麼演員……」

「算在攝影小組裡，所以攝影小組人數最多，總共十二人。此外，道具小組有七人，宣傳小組有五人。」

真虧他們能召集到這麼多人。我由衷地感到佩服。

千反田又提了一個很合理的問題。

「江波學姊負責做什麼呢？」

江波的態度跟剛剛一樣毫不遲疑。

「我沒有參加企畫，因為沒興趣。」

我微微一笑。這是個好答案，很合我的脾胃。

言談之間，我們走過貫通專科大樓和普通大樓的走廊。普通大樓正如字面所示，是普通教室所在的建築物，神山高中文化祭的活力到這一區就變得比較沉寂了。此處和專科大樓不同，有很多教室空著。

江波停在一間疑似無人的教室前，我看到班級牌寫著二年C班，入須不是二年F班嗎？江波看到我的眼神，便說明道：

「安靜的地方比較好，所以挑這個地點。二年C班不做班展，應該沒有人在。」

她拉開門。

裡面是一般的教室，只見桌椅、講台、黑板這些標準配備，沒有其他東西。

有位環抱雙臂的男生坐在最前排，體格粗壯，看來孔武有力。他的眉毛和鬍子都很濃密，平常大概都會剃吧。不問也知道，他一定是副導演中城順哉。他看到我們就雄糾糾地站起，以超乎必要的巨大音量說：

「你們是很懂Mystery的人吧？」

我突然有股衝動，想回答我不太懂，但又沒興趣費力搞這種惡作劇，所以保持沉默。

江波幫我們回話：

「對，這幾位是入須特地找來的人才，要客氣一點。」

然後她指著中城對我們說：

「他是中城順哉。」

中城稍微抬抬下巴，大概是打招呼的意思。

千反田往前一步，自我介紹說：

「我是古籍研究社的千反田愛瑠。」

其他人也輪流自介，我是最後一個，很簡單地說一句「我是折木奉太郎，請多指教」就算了事。江波領我們面對中城而坐，所有人坐好以後，江波說「接下來拜託你們了，我先告辭」即走出教室。

她不參與嗎？看來她真的只是入須的僕人。

留在教室裡的我們和中城面對面。差不多要開始了。

中城慢慢放下環抱的雙手。

「找你們做這麼麻煩的事真抱歉。雖然一開始計畫得很完美，做下去還是出了問題。算了，你們就幫個忙吧。」

是嗎？很完美嗎？

「入須應該都講過了，總之就是這樣。」

喔，這人很灑脫嘛。我本來很擔心，二年F班那些學長姊是否很不樂意接受我們這些高一生的審判，不過江波和中城都不像這樣，不用操這個心真是太好了。

我身旁的里志把手伸進束口袋，拿出皮製封面的手冊和鋼筆，有如宣告自己負責記錄似地打開手冊，握好鋼筆。

要直接進入主題也行，但我們還沒掌握全面情況，所以伊原先用不痛不癢的寒暄打開話匣子。

「學長你們真辛苦呢，我聽到劇本還沒寫完都嚇了一大跳。」

中城誇張地大大點頭。

「就是啊，真沒想到，都走到這一步了才碰上這種麻煩。」

「拍攝過程也很不簡單吧？」

「演戲和場務都可以即興發揮，很輕鬆啦，最麻煩的是交通，電車加上巴士要花一個小時，而且只有週日能去，真不曉得幹嘛選那種地方拍戲。」

伊原好像瞇起了眼睛。

「為什麼？」

「啊？妳說拍攝地點？有人推薦那裡的景色很不錯，我們確實拍到了難得的畫面，這點是很好，不過還是太遠了。」

入須評論二年F班的企畫「簡陋」，說得一點也沒錯，換成是我絕對不會選擇來回要花上兩小時的地方。

里志似乎對主題以外的話題很感興趣，抬頭問道：

「聽說楢窪地區是個廢村，那裡有巴士嗎？」

「喔，是小巴士啦，家裡開旅館的人借用了接送客人的車。」

「話說回來，真虧學長你們進得去呢。」

「這也是靠關係啦。那個地方現在還歸礦山管理，有人跟他們談好了，就是建議去楢窪拍攝的人。」

「為什麼只有週日能去？」

「楢窪已經是個廢村，但是礦山的設備還在運作，平日去會干擾人家工作，還會有車子開來開去，他們說不能保證安全，所以叫我們不要平日去……這些跟我們的事有關嗎？」

里志笑著說：

「謝謝學長，讓我上了一課。」

中城學長，別在意，這傢伙一向如此。我在心裡說。

接著千反田問：

「寫劇本的是本鄉學姊吧？她的情況怎麼了？」

「本鄉喔？詳細情況我不清楚，聽說挺糟的。算了，我也不能怪她。」

中城皺眉說。如果入須之言句句屬實，本鄉都是被二年F班這群人逼到生病的，別說責怪了，他們甚至該道歉吧？雖然我這樣想，當事人一定很難想開，中城的態度也顯得有些埋怨。

不知千反田有沒有察覺這氣氛？我想多半沒有。她的態度始終很溫和。

「本鄉學姊的個性是不是很敏感？」

中城的眉毛挑得更高了，他低聲沉吟。

「我覺得不像。她的個性怎樣我不清楚，身體倒是看得出來。」

「本鄉學姊的身體很敏感嗎？」

這是哪門子的話？我忍不住插嘴：

「她的身體不好嗎？」

「對啊，她請假過好幾次，也沒參加拍攝。」

中城說到她沒參加拍攝時，語氣似乎懷著很深的怨氣。照理來說，劇作家不一定要陪同拍攝，何況劇本也還沒寫完，不難想像本鄉沒跟去拍攝時都在做什麼……當然是寫劇本。

我也提出自己的疑問：

「本鄉學姊的劇本在班上的評價是不是很差？」

中城聽了卻一臉憤慨。

「沒人批評過她，也沒人怪過她啊。」

「大家只是默默在心裡批評嗎？」

「說什麼傻話？大家都明白本鄉的工作很重要，當然我也是。」

但本鄉還沒完成劇本就先搞壞了身子，所以千反田說得沒錯，她的個性或許真的太敏感了。

伊原輕咳兩聲，可能想扭轉現場尷尬的氣氛。

「對了，學長……」

「什麼？」

「劇本裡完全沒提到誰演兇手嗎？詭計沒寫清楚就算了，但至少要寫出兇手角色吧？」

好個單刀直入的大膽提問。若能知道這點，事情就簡單多了，我們也無須當什麼顧問。中城再次盤起手臂，回憶似地看著半空。

「唔……」

「怎樣？」

「就我所知，應該沒有。不，等一下……對了，她好像對鴻巢說過『加油吧』之類的話。」

她對誰都可以說「加油」吧？伊原大概也這麼想，頓時露出失望的臉色，但她仍鍥而不捨地追問：

「那我們可以去問演員嗎？看看她還跟誰說過類似的話。」

「我們早就問過了，沒有人聽她說過要演兇手。」

我簡潔地問一句：

「偵探角色呢？」

「也沒有。」

唔……

伊原很努力地繼續問：

「那詭計呢？她說過這齣『Mystery』用的是物理詭計或心理詭計嗎？」

不料中城訝異地反問：

「有什麼差別？」

我實在不知該做何反應，便望向伊原，她露出分不清是焦躁還是死心的表情暗自搖頭。要是中城不在面前，她絕對會毫不掩飾地盡情長吁短嘆。

後來我們又提了幾個問題，可是中城始終沒能提供關鍵資訊。想想其實很合理，若有這種資訊，也不至於演變成此般局面。除此之外，我們的準備也不太周全，來這裡之前完全沒整理重點，因此提不出切中要害的問題，這根本違背了我奉行的節能主義。必要的事應該盡快做，先揪出關鍵問題才是最妥當的順序。

中城露出滿足的神情說：

「你們就這樣了？」

伊原掛出很不像她的愉快笑容回答：

「這是在問我們還有沒有其他提問吧？是啊，就這樣。」

我感覺到兩人的話中都帶著刺。

掌握情資的準備工作到此為止。里志靈活地轉動手指間的鋼筆，千反田如收到信號一般，沉穩地問：

「中城學長，你認為本鄉真由學姊是怎麼看待這部錄影帶電影的？」

中城發現講到正題，嘻嘻一笑。

「好，我就講給你們聽，請你們手下留情。」

「麻煩學長了。」

我想中城可能一直在等這一刻。他舔舔嘴唇，滔滔不絕地說了。

「大家都吵著說不先寫好結局沒辦法拍攝，可是在我看來，觀眾才不管什麼詭計咧，最要緊的是劇情。『兇手就是你』這句話，還有兇手哭著說出動機才是重點。我做不來本鄉的工作，不過要我評論的話，我會說她的劇情沒有高潮，連誰是主角都看不出來。

讓海藤演死者倒是很好，你們應該看得出來，海藤的個性很豪邁，人面也很廣，道具小組自豪的作品讓他死得很有看頭，這真的很棒，受歡迎的演員就該好好重用嘛。其實讓他演兇手或主角更好，反正都拍下去了。照這點來看，兇手最好是山西，因為她的朋友也很多。」

這……

「我們班上個性龜毛的人太多了，Mystery必須這樣，Mystery不能那樣，他們根本沒搞清楚嘛，電影再怎麼長也只有一小時，所有要素都加進去，哪有時間拍完啊？拍出來的東西你們也看過了，在銀幕上播放時什麼細節都看不清楚，所以該重視的還是戲劇性，標題最好簡單俐落地取作『古丘廢村凶殺案』，要能吸引觀眾才行。本鄉應該也很明白這一點。」

該怎麼說呢……中城的話簡直讓我聽呆了。我不是推理小說的愛好者，只是經常買便宜的文庫本來打發時間，其中不乏號稱Mystery的作品，如此而已。可是連我都覺得中城那句「觀眾不管詭計」很詭異。

不過仔細想想，事實又是如何？二年F班拍好電影之後，會有怎樣的人來看？裡面一定有偵探小說研究社的人，也有從來不看推理小說的人。這並非憑空猜想，壁報社發行的神山月報根據全校問卷調查寫過一篇標題叫「神高學生識字率」的幽默報導，當時里志讀得很開心，所以我還記得。在過去一年內至少讀過一本小說的學生只占全校的四成，其中讀過推理小說，甚至會注重詭計的讀者就不知還剩下幾成了。

考慮到這件事，也不能說中城的主張沒有道理。

中城除了交疊手臂以外又蹺起腿。

「可是在劇情上又不能不拍出兇手用什麼手段殺了海藤，否則會缺少戲劇張力，所以入須才得專程去拜託你們幫忙……啊，對了，你們就是喜歡Mystery的人嘛。不好意思，我沒有惡意，我只想努力完成作品。」

中城的語氣更武斷了。

「簡單說，那個劇本是密室殺人。海藤死掉的房間沒有其他出口，要解決的問題是兇手要怎麼殺掉海藤。

答案很簡單，兇手是從唯一的路出去的。」

伊原皺著眉問：

「從哪裡？」

中城笑了。

「真遲鈍，當然是窗戶嘛。」

……窗戶？

我想起昨天看的錄影帶，雖然還留下片段畫面的記憶，不過很諷刺地，我的回憶只剩中城提到的戲劇性部分，現場配置卻怎麼想都想不起來。

沒辦法了，我只好說：

「里志，平面圖呢？」

里志愉快地做出敬禮姿勢。

「Yes, Sir! 稍等一下。」

他從束口袋拿出一張影印紙，那是他簡略畫下的劇場平面圖。

根據這張圖所示，海藤死亡的地點是上手翼，劇中其他人物從右側走廊進入。我還記得當時門鎖住了，有人回頭去拿萬能鑰匙，因此上手翼對右側走廊的人而言是個密室。之後的情況是：勝田穿過舞台走向下手翼，因為走左側走廊也可經由舞台到達上手翼。他到了下手翼，赫然發現有堆木材塞住了門，我記得是這樣。

唔……

從根本來看，中城那句「這是密室殺人」很不可信。

我的理由不是「不可能有完全的密室，真是密室就沒辦法殺人了」。電影畫面很難看出來，但平面圖畫得很清楚，除了窗戶以外還有一個出口。

我指著劇場大廳大門說：

「這裡呢？」

中城爽快地回答：

「打不開。」

「啊？」

「門被封住了，關得密不通風，你可以當作沒有這個門。」

我啞口無言，同時瞥見伊原擺出受不了的表情，我想自己的臉色大概也差不多。我怎麼都沒聽過這件事？

昨天入須向我們保證，本鄉這個編劇的出題絕對公平。其實她沒有說錯，她又沒保證過攝影小組拍出來的畫面也一樣公平。我不禁感到脫力，里志面帶微笑在劇場大廳出口打叉。

總之，劇場大廳的大門不能用，密室還是有四個出口，包括上手翼的門和窗，還有下手翼的門和窗，但兩扇門都堵住了，只剩兩面窗戶。

「窗戶啊……會是哪一邊的窗戶呢？」

伊原問，中城哼了一聲，答道：

「當然是這邊。」

「上手翼？為什麼學長這麼肯定？」

「這是一定的，下手翼的窗戶前面有衣櫃擋著，打不開。」

是嗎？里志依然微笑，又在下手翼窗戶打叉。

用這種步調簡直是在白費力氣，我最討厭無意義地耗費能源，也就是白費力氣。我乾脆一次問個清楚。

「學長，可能是銀幕放映的效果不好，那部電影有很多畫面看不清楚，能不能請你先告訴我們，除了這兩個出口以外還有哪裡不能用？暫時別管這是不是密室，總之你先全部告訴我們。」

「喔喔，還有其他的嗎……」

中城想了一下。

「……對了，左側走廊的第二間準備室打不開，因為門鎖壞了，鑰匙插不進去。還有建築物朝北的一面……就是這張平面圖左側的所有窗戶，為了防雪都釘死了，不過想拆還是拆得掉啦。」

「真的只有這些？」

「是啊，就這些了。」

中城一口咬定。

我多少還是有些懷疑，不過信用即是財富，姑且相信他吧。一直保持沉默的千反田說：

「本鄉學姊也知道這些事嗎？畢竟她沒有參與拍攝……」

對耶，這點很重要。本鄉如果不清楚劇場實際情況，純粹看平面圖來寫劇本，很可能寫出無法實現的情節。

中城的回答消除了我們的疑慮。

「本鄉決定選楢窪當舞台後，還親自去視察過。」

「請問那是什麼時候的事？」

「我想想，六月……不，五月底。」

「中途打岔真是抱歉，請學長繼續說吧。」

中城點點頭，表情十分認真地繼續道：

「所以我覺得兇手是從上手翼的窗戶進去再出來，這樣一來，兇手不用走這扇門也能殺死海藤。怎樣？」

還「怎樣」咧。

兇手是爬窗進出，而不是門……他的答案是這樣嗎？

「喔喔，原來如此！」

千反田拍了一下腿。

我實在不想對興高采烈的中城潑冷水，真正潑他冷水的是在這種時候特別管用的伊原。

「中城學長，這種Mystery太平淡了。」

中城受她搶白，臉上頓時浮現怒色，但語氣依然沉穩。

「就算你們這樣想，難道還有其他手段嗎？而且……對了，你們也知道本鄉的情況，她又不是Mystery專家，我不覺得她想得出多精采的詭計。」

他說我們不了解本鄉，事實確是如此。不過這麼一來……

我本來只想靜靜地旁聽就好，卻忍不住投入這種氣氛。

「學長，這麼一來還有辦法鎖定兇手嗎？」

「鎖定？」

「我是在問，如果本鄉學姊設計了這種詭計，那兇手會是誰？」

中城似乎沒想過這一點，又環抱手臂陷入沉思。伊原自信滿滿地追問：

「還有一點，所有人走進案件現場時，鏡頭不是拍了窗外嗎？」

「是啊。」

「從影片看來，窗外明明沒有人走過的痕跡，所以中城學長的方法是行不通的。」

案件現場的窗外……

我想起來了，那一幕拍到長得和人一樣高的茂盛夏草。伊原說得對，如果曾有人經過，不可能沒有夏草折斷的痕跡。

中城好像還沒想通，所以伊原重新說明一番，他聽了卻依然堅持：

「那又有什麼關係？」

沒有嗎？

我幫伊原頂了回去。

「為什麼沒關係？我覺得明明就有。」

「本鄉可能忘了寫清楚指示吧。」

「要這樣講的話，根本沒得談了嘛。伊原說的是沒有兇手的足跡耶，本鄉學姊有可能脫線到忘了寫出這點嗎？難道劇本的其他部分也缺了很多應有的指示？」

中城沉吟著。

他的頑固還真令人驚訝。他像是突然想起什麼，抬起頭大聲地說：

「對了，是夏草！」

「……夏草怎樣了？」

中城一副重拾自信的模樣，振振有詞地說：

「你們不想選窗戶這條路，是因為外面的夏草沒有折斷，對吧？」

伊原慎重地點頭。

「你們就是這點搞錯了。我剛剛也說過，本鄉去楢窪視察是五月底，那時夏草還沒長出來，所以本鄉誤以為窗戶這條路行得通。」

里志驚嘆地「哇」了一聲，如果不用顧慮中城，他一定會說「總算有一句像樣的發言了」。伊原好像想反駁，但一時之間不知該說什麼才好。我偷偷覺得好笑，心想中城真有一套，竟然想得到本鄉視察時擬定的逃脫路線不能用於實際攝影。

的確有一套，不過……

中城八成把我們的沉默當作認同，便乘勝追擊。

「只要在下次攝影之前先把草割一割，從發現屍體那一幕開始拍，就沒問題了。對耶，我怎麼現在才想到？這樣行得通，搞定了！」

我看中城樂得手舞足蹈，決定放棄反駁，因為現在再說什麼都是白費工夫。

千反田見話題告一段落，便微笑著對中城說：

「謝謝學長告訴我們這些事，應該可以給入須姊一個好交代了。」

中城滿意地點頭，看他那副興奮喘息的模樣，說不定等一下就會自己動手寫劇本了。

幾分鐘後的地科教室。

伊原「唔」地呻吟。寫是這樣寫，其實那種聲音很難形容。

「那樣可以嗎？真的行得通嗎？」

中城出人意料的反擊讓伊原亂了陣腳，她認為那種詭計太不入流，卻不得不承認他關於夏草的發言有其道理。對任何小破綻都會猛烈攻擊的伊原想必相當鬱悶。

「就物理上而言，的確有充分的可能性。」

里志喃喃回答，語氣也帶著一絲不滿。

至於千反田……

「……」

她一再地瞥向我，我終於按捺不住，主動問她：

「幹嘛啊，千反田？」

「呃，嗯……」

千反田猶豫了一下才開口。

「折木同學，你覺得中城學長的推論真的符合本鄉學姊的想法嗎？」

「在問我之前，先說妳怎麼想吧。」

我問了之後，千反田卻一副欲言又止的樣子。這麼容易把心境表現在態度上的人應該不多。千反田的表情變化不大，但眼神和嘴巴的動作已說明了一切。我說：

「妳看不順眼嗎？」

「我哪有看不順眼！我只是……有點不能接受。」

這不就等於看不順眼嗎？

就某種角度而言，中城的性格還真傑出，他講起自己的主張如此鏗鏘有力、毫不退讓，甚至說得出一番道理推翻我們的否定。不過，無論他再怎麼有信心，我們不能接受的地方還是不能接受，看不順眼的地方依舊看不順眼。

我盤起手臂，這可不是在模仿中城。

「算了，也難怪妳這麼覺得，中城的說法難以成立，所以會讓人下意識地產生不協調的感覺。」

回話的不是千反田，而是伊原。她不甘心地說：

「難以成立？根本矛盾極了嘛，折木！」

她這麼想要駁倒中城嗎？

我朝里志招招手，他看出我的意圖，便將平面圖拿過來。我把圖攤在桌上，轉到千反田和伊原看得清楚的角度。

我盡可能以尋常的語氣說：

「中城的提案很簡單，簡單到若用欣賞Mystery的眼光去看都覺得愚蠢。正因這麼單純，更不容易靠物理手法推翻。伊原，妳想說那在物理上是不可能的，所以才反駁不了。」

她沉默的不悅臉色等於承認。

千反田興致盎然地靠過來，我悄悄把椅子往後移。

「還能從哪一方面判斷出不可能嗎？」

「是沒有到『不可能』的程度啦……你們記得伊原問中城的問題嗎？本鄉有沒有說過那齣Mystery用了什麼詭計的那一句。」

千反田果斷地點頭。

「我記得，『她說過這齣Mystery用的是物理詭計或心理詭計嗎』。」

「沒錯。我要說的是，這個簡單至極的物理手法可以用簡單至極的人類心理推翻。」

我才說完，里志突然爆出笑聲。

「哈哈哈，奉太郎，好個迂迴的說法，完全像個『偵探角色』。」

這傢伙明知我不想當偵探還這樣說，個性真差。不過我的說法真的太迂迴了。我坦然地反省，改口道：

「換句話說，依照兇手的心理，應該不會爬窗進去。」

我指著平面圖上的凶殺現場，講得更明白點則是窗戶。

「這個角色如果要爬窗入侵，一定得從劇場外面進來，可是……大白天裡要在同學分散於劇場各處的情況下做這種事，想也知道，不管從哪個房間移動到犯案地點，一定會被別人看見，不然就是腳步聲給人聽見，換成是我絕對不會冒這種險。」

「唔。」

里志摸摸下巴。

「說得也是。如果我要在那裡殺人，也不會採取中城學長那種容易曝露行蹤的方法。若是晚上還能考慮，但那時是白天，他太偏重物理上的可能性了。」

「嗯，就是這樣。」

我下了結論，千反田「唉」地嘆了一聲。

「我懂了。我之所以不能接受，一定是想像了中城學長的提案實際進行的情況。當兇手悄悄逼近海藤時，樓上還有其他人呢，這太奇怪了。」

也有人露出難以釋懷的表情，那是伊原。

「我覺得折木說的有道理，但又不能確定本鄉學姊會不會注意到這點。」

說得也是。若能去問本鄉，所有事情都可以立刻解決……算了，就是因為不能問，那些人才會找上我們。但也不能因此丟下這樁問題。

「我們雖然不了解本鄉細心到什麼程度，但那些人不也是間接得知嗎？」

談到這裡時，地科教室來了個客人，即是幫我們帶路的江波。她站在教室門口，好像不打算進來。

「成果如何？」

「有初步結論了。」

里志諷刺地笑著回答：

「是什麼？」

「中城學長的提案不能採納。」

江波喃喃說著「這樣啊」，可是臉上沒有半點遺憾。千反田深深低頭。

「對不起。」

「不會，這不是你們的錯……明天我會為你們介紹第二個人。」

明天？連明天也要來？我的暑假啊……

江波聽完想聽的事，說完想說的話便爽快離開。我叫住江波，她停下腳步，訝異地回頭。

「幹嘛？」

態度真冷淡，我盡量叫自己別在意。

「可以給我們看看劇本嗎？拍攝中實際用過的。」

江波打量似地看著我。

「你們已經看過錄影帶了，有這個必要嗎？」

「呃，這個嘛……我們想知道本鄉學姊的細心程度。」

江波微微點頭，答應幫忙準備。

接下來我們仍拿中城當茶餘飯後的閒聊，話題早已偏離了他那件解決方案。不論結果好壞，中城的強硬性格都讓人留下了深刻的印象，我們隨口漫談這類的事。

要用一句話形容我對中城的印象嘛，最適合的應該是入須那句「缺乏必要技術的人做不出好成果」。

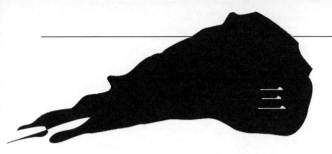

三

「不可見的入侵」

隔天。

千反田大概還在牽掛我昨天缺乏行動意願的事，一大早就打電話來，用懷柔語氣下達「絕對要來」的社長命令，我缺乏有力的反對理由，只好又乖乖地去學校。也罷，既然上了船，中途下船更麻煩，我已經打消那種念頭了。

走出家門時，我發現信箱裡有國際郵件，收件人不是我，而是爸爸，所以我沒拆信。不用看也知道是誰寄的，一定是折木供惠，我的姊姊。

我姊不甘待在日本，跑遍世界各地，目前正在東歐。她有時會給我惹些麻煩，而且跟千反田帶來的麻煩不太一樣，是等級更高的麻煩。但這封信不是給我的，所以我不用擔心姊姊這邊，能無後顧之憂地應付千反田那邊的事，甚幸甚幸。

……幸個頭啦。

我來到地科教室。

在江波到達之前完全沒事做。我在不變的夏天暑氣之中找了個陽光曬不到的座位，讀起百圓商店買來的文庫本。我正為了那齣Mystery傷透腦筋，實在不想再看推理小說，所以在兼賣新書的舊書店隨便挑了其他類型的書。

千反田毫不在意日曬，靠在教室另一側的窗邊望著操場。她好像很能耐熱，而且怎麼曬都曬不黑。她凝視著操場，正確說法應該是凝視著在那裡為文化祭做準備的人，讓我不禁擔心她是不是又找到麻煩的事了，但她的眼中並無好奇的光輝，看來只是閒著沒事幹。

最不閒的是伊原，她身為製作社刊《冰菓》實質上的負責人，此時正在筆記本上寫字。我問伊原，她早已寫好稿子，還有什麼能寫的？結果她狠狠地白了我一眼說：

「如果只有稿子就能做出社刊，還要編輯幹嘛？」

那真是辛苦她了。

里志跟我一樣拿著文庫本，書上包了書套，看不出內容。里志平時的基本表情是微笑，但不至於連看書也保持笑容。話雖如此，我還真不習慣里志面無表情的模樣。

我正想到這裡，里志突然放鬆表情，擱下文庫本，抬起頭來四處張望。

「對了，你們看過多少偵探小說？」

伊原聽了便停筆，聳肩反問：

「幹嘛問這個，小福？」

「我昨天聽到中城學長說的話，突然發現每個人看偵探小說的角度都不太一樣，所以很想知道大家對偵探小說的觀點有什麼差別。」

嗯，中城的閱讀角度對我而言也很新鮮，過了一天再回頭想想，突然覺得那很像看兩小時電視影集的感覺。里志對這種差異感興趣並不奇怪。

「喔……可是我覺得自己的觀點很普通啊。」

「我就是想問我們各自認定的普通觀點有沒有差異嘛。」

里志笑著說，伊原苦笑地回答「也對」。

「要說普通嘛……唔……我自己是覺得很普通啦，像是克莉絲蒂和昆恩這些。」

這叫做普通？雖然我也只聽過名字……

里志也歪著頭說：

「與其說普通，更該說正宗，或是古典，跟我們古籍研究社也比較搭。就這樣嗎？日本作品呢？」

「你現在問起，我才發現看得不多，只有一些鐵路題材的作品。我還滿愛看Mystery的，可是大部分的作家我都不太喜歡。」

伊原明明看很多嘛，難怪她對二年F班的「Mystery」那麼感興趣。在我們四人之中，看最多推理小說的說不定是伊原。

「奉太郎呢？」

被點名後，我沒闔起手上的文庫本直接回答：

「我沒那麼常看。」

「難道是沒意識到那算偵探小說？你的閱讀習慣明明很沒節操。」

要你管。

「我看過幾本黃色封面的文庫本，就這樣。」

我無心認真回答，所以說得很含糊。

「喔喔……所以都是日本作家囉？比我想像得更有原則嘛。」

他立刻回答，可見聽懂了我的意思。里志的知識依然淵博得莫名其妙。

里志朝千反田望去，她搖搖頭說：

「我不看。」

「咦？」

里志發出疑惑的語氣。我也覺得有些意外，因為依照千反田那種再無聊的事都能找出謎題的個性來看，任誰都覺得她一定很愛推理小說。里志又問一次：

「完全不看？」

「我發現自己沒辦法喜歡Mystery，就不看了，這幾年完全沒碰過。」

所以她並非從來不看，而是看了之後才排斥。每天過得像推理小說那樣古怪的大小姐卻不看推理小說，這還真是諷刺，或許正如商業人士討厭商戰小說吧。這麼一想，我便不覺得多奇怪了。

伊原很驚訝地說：

「真的嗎，小千？可是妳看二年F班那齣Mystery，不是看得很愉快嗎？」

千反田微笑了。

「因為我很期待見識入須姊他們的作品……並不是喜歡Mystery電影。」

原來如此，那就說得通了。

好啦，只剩一個人，順序一定得如實遵守。里志看似認同地一個人在旁邊頻頻點頭，我問道：

「那你又是怎樣？」

「我啊……」

「囊括古今東西所有名偵探嗎？」

我開玩笑地說，里志卻明確地否認。

「不是。」

嗯？

伊原揚起嘴角。

「小福的喜好我當然知道。」

里志聽了立刻不好意思地低下頭，千反田覺得他的反應很有趣。

「咦？怎麼回事？福部同學藏了什麼祕密嗎？」

在此說明，如果里志回答這是祕密，千反田絕不會繼續追問。這是我從過去的經驗學到的事，這大小姐的好奇心還是懂得適可而止。

里志答得很猶豫。

「這個嘛，我……」

幹嘛啦，別吊人胃口了。

一旁的伊原乾脆直接戳穿。

「小福很嚮往Sherlockian。」

喔喔……我懂了。

Sherlockian說穿了就是喜愛夏洛克・福爾摩斯（Sherlock Holmes）的狂熱書迷，我不太了解詳情，總之聽說其中有人熱中於研究福爾摩斯的伙伴養的那隻鬥牛犬後來怎麼了。這是兼具稚氣和玩心的人才做得來的興趣，而里志的確兩者都有。

「Sherlockian是什麼啊？」

「喔，就是……」

伊原向沒聽過這名詞的千反田解釋，里志在旁邊小聲地糾正。

「我嚮往的不是Sherlockian，而是Holmesist。」

這兩者有什麼差異嗎？

我跟里志談話時，江波來了。她站在門口敬禮說「今天也請指教」，然後……

「非常抱歉，今天借不到空教室，所以要麻煩你們去二年F班的教室，有點亂就是了。」

她毫無歉意地徵詢我們的同意。

「那我們走吧，這是裁判會議第二場。」

里志故意說得很開朗，我們聞言便陸續走出地科教室。我心不在焉地想著，既然是裁判會議，應該叫他們過來才對呀。

今天校舍裡各社團還是一樣熱鬧騰騰，傳到走廊上的琴聲好像是傳統音樂社的試奏，我似乎聽過這個旋律，然後發現是水戶黃門的主題曲。算不算是雅致呢？

江波一邊走，一邊回答我們昨天問過的問題。

「今天要請你們見的是羽場智博，道具小組的成員。」

我看看里志，他搖頭了，這個羽場大概也不是名人。昨天是攝影小組，今天是道具小組，我總覺得明天還有人等著見。江波面向前方，神情肅穆地走著。

「他沒有固定的職務，因為個性雞婆……個性積極，所以知道很多細節。你們還有其他想問的事嗎？」

對小事很細心的伊原問道：

「請問，既然羽場學長那麼雞婆……那麼積極，為什麼不當演員呢？」

喔喔，對耶，這種人一定很愛上鏡頭。江波稍微轉向伊原，輕輕點頭。

「他的確想當演員。」

「那為什麼……」

「因為投票落選了。」

原來是這樣。我順口說道：

「為什麼要介紹這樣的人給我們？」

因為被評為雞婆……積極的人較能坦率接受我們這些外人的判斷嗎？江波難得露出表情，有點像是困擾。

「我也認為他不適合……不過入須既然選擇他，一定有她的理由。對了，或許是他在所有成員之中最了解Mystery，雖然這都是他自己說的。」

這番沒誠意的幫腔令我不禁莞爾。

里志一再強調「女帝」入須的用人技巧有多高明，若是屬實，她就像江波說的一樣必定有她的理由。最初便是入須把我們拖進這件事，要是懷疑她的戰略，根本不用玩了。我如此想著，里志卻有點不滿地說：

「入須學姊到底在忙什麼？她根本沒出面嘛。」

沒錯，前天的試映會結束後，我們一直沒再見過她。江波毫不遲疑地回答：

「你們在找『正確答案』的時候，她也一直在找人接手寫劇本，那項工作同樣很艱鉅。」

我們經過走廊，從專科大樓來到普通大樓。

二年F班教室出現在眼前，這時千反田緩慢地開口：

「江波學姊。」

「什麼事？」

「請問妳和本鄉學姊很熟嗎？」

江波聽到這個問題顯得很疑惑，雖然說不上驚慌，語氣卻變得有些凝滯。

「……為什麼這樣問？」

「沒什麼理由。」

千反田對著江波的背影微笑。

「我只是很好奇，不知道寫劇本的是怎樣的人，感覺好像很認真。」

我們走到二年F班的教室門口，江波停下腳步回頭說：

「本鄉的個性認真又細心，責任感也很強，像個笨蛋一樣溫柔、脆弱，是我的好朋友。我說這些對你們又有什麼幫助？……好了，羽場還在等，麻煩你們了。」

說完她便轉身，也不幫我們和羽場互相介紹就快步離開。

江波那句「有點亂」說得沒錯，二年F班的教室到處堆著雜物，那部電影裡出現過的登山背包、比較少出場的背包裡的東西都放在教室的角落。黑板上以潦草的字跡寫了時間表之類的東西，還有一行大大的黃色粉筆字「下週日＝絕對終極最後時限」，像是要蓋過時間表似的。桌椅也是亂七八糟，我初次清楚體會到這個班展企畫所面臨的危機。這間教室的環境雜亂到令我不禁懷疑，入須安排我們和羽場在這裡見面是不是為了讓我們有這種感覺而使出的策略。

有個男生坐在教室角落曬不到陽光的地方，他戴著眼鏡，體格中等偏瘦，一看到我們走進來，立刻用演戲般的動作揮手。

「你們是入須找來的顧問嗎？我是羽場智博，請多指教。」

千反田先報上姓名，我們仍照昨天向中城自我介紹的順序依次說完。羽場像是要牢牢記下我們的名字似地念了幾次，才請我們坐下。

不知道羽場平時為人如何，總之此刻看來心情很好，他一臉愉快地就座，看著我們點頭說：

「我能跟你們聊聊Mystery吧？這個班上實在沒幾個人懂。」

看來二年F班的人得到的資料都有些扭曲。千反田可能也發現了對方有所誤解，她說：

「我們是古籍研究社的。」

羽場聽了立刻睜大眼睛。

「是嗎？你們是古籍研究社？所以讀的都是古典黃金時代的作品嘍？真服了你們，原來是這樣。」

他還是沒搞懂。罷了，就算他把古籍研究社這活動目的不明的社團視為古典Mystery社，也不算什麼天大的誤會。

羽場喃喃說著「服了你們」，取出A４影印紙放在桌上。我看出那是電影裡那座劇場的詳細平面圖，上面標出每個房間的正式稱呼、窗戶位置，連建築設計師的名字都有，不過有一部分看不清楚，只能辨識出「中村青」這三個字，堵死的通道全都打了叉。

里志情不自禁地叫道：

「學長！這是哪弄來的？」

「嗯？怎麼，難道你們沒拿到這張圖？」

里志默默地拿出他手抄的平面圖，羽場看了便說：

「……唔，這張也夠用了。」

「請問這張平面圖是怎麼來的？」

羽場回答了伊原的問題。

「那個劇場是古丘町的公共建築，所以當地的地政處還留有平面圖。有這張圖就能掌握劇中的位置關係，我是用這個來推理的。」

他笑著說。

羽場的平面圖當然標出了屍體所在，其他角色的位置也有詳細註明。他這麼有幹勁當然很好，或許該說符合我的期望。羽場又開心地附加一句：

「如果把Mystery視為作家和讀者之間的鬥智，和本鄉這個業餘人士對抗實在不夠盡興。」

真有自信。千反田看著他的側臉問道：

「聽說本鄉學姊很少接觸Mystery？」

「是啊，在拍攝這部電影之前從來不看。」

「但她還是看過一些故事吧？」

羽場揚起了嘴角。

「都是些清淡無味的東西。你們看，那裡有她臨時抱佛腳的痕跡。」

他用下巴指著教室一角，那裡堆著幾本書，從尺寸看來全是文庫本。千反田站起來。

「我可以參觀一下嗎？」

千反田在這種奇怪的地方展現好奇心，讓羽場有點疑惑。我也覺得那些東西無關緊要，反正我向來不理解這位大小姐的好奇心會用在哪些地方。千反田等不及羽場答覆，便走過去將那些書拿來。

里志看到堆在平面圖旁邊的書山，忍不住驚呼：

「哇！是延原（註）翻譯的！而且還是新版！」

他看到的就是方才提過的夏洛克・福爾摩斯。浮雕效果的封面十分精緻美觀，白到發亮的書皮顯示出這本夏洛克・福爾摩斯小說才剛買不久。伊原在一旁冷冷地說：

「她用夏洛克・福爾摩斯來研究Mystery？」

羽場答道：

「是啊，所以說她是外行人嘛。」

讀福爾摩斯的就是外行人？這意見真不客氣，更何況還有里志這個Sherlockian（或者該說Holmesist）在場呢。里志不以為意地笑了笑。

「是可以這麼說。」

唔……

千反田拿起書山最上面一本，翻開來看。真希望快點回到主題。不知道千反田有沒有察覺到我的心情，我想多半是沒有，總之她停下動作，凝視著書頁。

「哎呀。」

「怎麼了？」

「這裡有奇怪的記號。你看。」

她翻開那頁給我看。我隨便瞄了一眼，看見目錄裡的每個短篇標題上方都畫了記號，但我不覺得這些記號像千反田說的那麼「奇怪」。

註：延原謙（1892-1977），日本推理小說翻譯家，編輯。

福爾摩斯辨案記（註）　　柯南・道爾

○波希米亞醜聞
△紅髮會
×身分之謎
△波士堪谷奇案
×五枚橘籽
◎歪嘴的人
○藍柘榴石探案
×花斑帶探案
×單身貴族探案
△紅櫸莊探案

「看，這裡也有。」

福爾摩斯檔案簿

柯南・道爾

○ 顯赫的顧客探案
◎ 蒼白的士兵探案
△ 藍寶石探案
× 三面人形牆探案
○ 吸血鬼探案
◎ 三名同姓之人探案
△ 松橋探案
△ 匍行者探案
△ 獅鬃探案
× 蒙面房客探案

我迅速一瞥，將書塞回千反田手上。

「哪裡奇怪了？只是把能用的構想圈起來嘛。」

「是這樣嗎……」

註：本書所引用的福爾摩斯作品翻譯名稱均採用臉譜出版之《福爾摩斯探案全集》版本。

千反田好像不盡然接受，但也沒再追根究柢。我聽見里志嘴裡念念有詞，轉過頭去想問個清楚，他卻露出一副沒事人的樣子，津津有味地看著平面圖。

「可以了吧？」

羽場以指尖敲敲桌角，心急地說：

「別管這些了，我們開始來推理吧。」

哈哈，原來如此，他顯然很想快點說出自己的想法。無所謂，我也想要快點解決。千反田還想伸手拿第二本，我趕緊用手肘擋住，她察覺了羽場的臉色，看看手中的文庫本又看看羽場，總算將文庫本放回書堆。

「對不起，請開始吧。」

羽場用力點頭，他裝模作樣地抽出胸前的原子筆，像要開始講課似地咳嗽一聲。好，要開始了，我洗耳恭聽。

「請你們聽聽看，我的想法是那齣Mystery並不複雜，算是很簡單的。」

他停下來觀察我們的反應。我沒有任何表示，其他人怎樣我就不知道了。

「首先我要指出，那件凶殺案不是事先計畫好的，不，說臨時計畫比較妥當。總之這不是在事前有完整計畫的那類故事，兇手只是利用碰巧具備的條件犯案。這點你們能接受吧？」

他的著眼點很不錯，坦白說，我沒有注意過這件事。聽他這麼一說，我也覺得那部電影無論用了什麼詭計，都不可能是嚴密的計畫，至於理由……

「……為什麼呢？」

千反田疑惑地問。羽場剛開始講話就被打斷，我以為他一定很不高興，但他反而得意洋洋地解釋：

「說起理由嘛，如果是事前計畫，兇手要怎麼誘導海藤去劇場右側呢？海藤獨自去劇場一樓右側，完全是他自己選擇鑰匙所導致的結果，這不可能是兇手的計謀，若說兇手靈機一動決定利用這種情況還比較合理。其實無論是哪一種都沒差別，這兩種在Mystery裡都有很多實例。」

聽說魔術師能讓客人從好幾張撲克牌裡選出他期望的那一張，不過這次應該不是那種情況。羽場的說法頗為可信。

接下來，羽場用原子筆尾端指著平面圖的上手翼，那是發現屍體的地點。

「如你們所知，這是密室殺人。能進入上手翼犯案現場的門分別是這裡、這裡，以及這裡，其中兩處堵死無法使用，一處在發現屍體時鎖住了。此外還有兩扇窗戶，一扇有東西擋住，另一扇窗外長了跟人一樣高的草，茂密的青草沒有折斷的痕跡，所以殺死海藤的兇手不是用普通方法逃走的。」

羽場一口氣說完中城提案的進度，然後笑著說：

「可是殺死海藤的兇手不在室內，這是典型的密室。不用我說你們也明白，密室殺人得在發現屍體之後才會成立，說得更精確些，是在所有人都如此認定時才能成立。那麼，要怎麼做到這一點呢？自古至今的無數推理作家都想過這個問題。

從最簡單的方法說起：兇手可能使用萬能鑰匙入侵現場，事後再把鑰匙放回原處。

這種方法最大的缺點在於無聊，如果真相是這樣，被觀眾丟石頭也是應該的。本鄉再怎麼外行，也不至於寫出這種東西，總之我先一併提出。

鑰匙放在管理室，想進管理室必須通過玄關大廳，可是位於二樓工具室的杉村隨時監視著玄關大廳，或者該說有可能監視。兇手要拿鑰匙，只能祈禱自己運氣夠好，不會被杉村發現。如果打算殺人，不可能選這種方法。

如果兇手是杉村，就能安全拿到鑰匙嗎？一樣不可能，他也得祈禱自己的運氣好到不會被瀨之上、勝田、山西發現。」

唔，推論得挺慎重的嘛，完全不像他給人的印象那麼粗枝大葉。

「所以，『沒人能悄悄通過玄關大廳』這一點非常重要，這麼一來不只沒人能入侵上手翼，連一樓右側走廊也是。你們懂我的意思嗎？」

羽場問道，目光從平面圖上移開，像在挑學生答題似地依次望向我們每個人。

啊，他跟伊原對上視線了。

伊原沉默片刻，簡短地回答：

「學長是指不可能施展物理詭計，對吧？」

羽場聽到她的回答，瞬間露出失望的表情。

不過很快又恢復原樣。

「妳說得對。」

幹嘛，問題被人猜中需要這麼難過嗎？我感到羽場變冷淡了。

「沒錯，雖然可以利用細線或其他東西從室外上鎖，但這招沒辦法用在目前的情況，因為兇手無法進出右側走廊，也就是突破不了所謂的第二密室。因此，兇手不可能從外側動手腳製造密室。

這個第二密室也推翻了另一種常用橋段，即受害者自己製造出密室。受害者在兇手一擊之下沒有斃命，為了逃離兇手而鎖上房間，最後死在裡面。第二密室的存在也抹消了這種可能性。

還有其他情況嗎？我能想到的是『殺人時兇手不在場』，以及『發現受害者時謀殺還沒開始進行』這兩種，簡單說即是機關殺人和瞬間殺人。到這裡都聽得懂嗎？」

我都理解。

但還是有人聽不懂，那是已經不看推理小說的千反田。她不好意思地舉手。

「不好意思，可以麻煩學長說得清楚點嗎？」

千反田的請求似乎讓羽場很滿意，他點點頭，又一臉得意地說明：

「機關殺人指兇手事先在房間裝設某種機關，藉此殺死海藤，像十字弓和毒針都很常見。瞬間殺人指海藤在開門的時候還沒死，兇手是在開門至發現海藤的短暫時間內殺死他。懂了嗎？」

千反田呆呆地「喔」了一聲。

「說到這裡，這兩者都能用同一個關鍵點推翻，你們知道是什麼嗎？」

他看著伊原挑釁般地說。伊原皺起眉頭，雖知不理他比較好，她仍然答道：

「我知道，是屍體的狀態。」

「……沒錯。跟了解狀況的人談起來果然比較有趣。」

羽場顯然是在嘴硬，我不禁偷笑。他乾咳了一下。

「從屍體的狀況來看，可知海藤死於切斷手臂的猛烈斬擊，所以可以排除機關殺人和瞬間殺人的可能性。因為若有威力這麼大的陷阱，其他人走進來一定會立刻發現，瞬間殺人也施展不出這麼劇烈的攻擊。

簡單說，本鄉設計的密室不容易直接攻破。」

羽場說到這裡便閉口不語，沉沉靠著椅背小歇片刻，接著又恢復了自信滿滿的態度對我說：

「你叫折木嗎？如何，你覺得該怎麼破解這個密室？」

其實我已經看穿羽場有話想講，他一定藏了一條路徑沒告訴我們，這多半就是他準備的正確答案。但我不想戳破，只是陪著笑臉說「我不知道」，這樣才能讓談話進展得更順暢。

不出我所料，羽場一臉輕視地笑著，高聲說：

「真沒用，這都不知道？算了，我也不意外啦。」

他起身走向拍攝用過的背包堆置處，將手伸進雜物裡，回頭看著我們。

「我是道具小組的成員，負責製作或準備攝影需要的道具。海藤的斷手和血漿都是我們做的，只有這個是買來的。」

他拿出來的東西果然合乎我的猜測。

那是登山繩。

「本鄉表現得起伏不定，譬如血漿，她事前指定的分量根本不夠用，害攝影小組搞得人仰馬翻，但她對這件道具的要求卻多到囉唆，像是『請準備繩子，要非常堅固，就算吊著人也不會斷』。我說要安全就選登山繩，她回答這個很好。你們應該猜到繩子要怎麼用了吧？」

他說著便走回座位，把登山繩丟在桌上，得意地挺起胸膛。

「再給你們一個提示。鴻巢外表看來瘦小，其實她是登山社的唷。」

我偷偷觀察其他人的表情。伊原滿臉無聊，多半猜出來了；里志始終面帶微笑盯著手冊，因此無法判斷；千反田愣著不動，顯然還沒猜到。

無論心中在想什麼，我們全都沒有開口，羽場見狀就像揭露祕密似地低聲說：

「答案揭曉，既然一樓進不去，從二樓進去就好啦，畢竟只剩這條路。鴻巢分配到二樓右側走道並非偶然，我想一定是因為她隸屬於登山社。

本鄉的詭計說穿了很簡單，巢鴻用登山繩從二樓窗戶垂降下來，就能避開其他人的耳目入侵現場殺死海藤，再循原路回去。」

「學長，她是從上手翼進去的嗎？」

「當然啊，如果從其他地方進去要怎麼鎖門？……總之你們懂了吧？那部電影還沒決定名稱，如果要取名嘛……就叫『不可見的入侵』吧。」

羽場炫耀似地挺起胸膛，懷著「不可能有其他正確答案」如此堅若磐石的自信起身說道：

「好啦，輪到你們發表意見了。」

發表？要發表什麼？我們看看彼此，伊原用眼神慫恿我反擊，但我視若無睹，總覺得這和昨天面對中城的情況一樣，反駁只會白費力氣。昨天的中城憑著一股幹勁強辯到底，今天的羽場則是以自信築起一道高牆。我看看另一邊，和千反田四目交會，我知道她想說什麼，所以對她輕輕點頭。

千反田也朝我點頭，然後對羽場說：

「我覺得學長的意見很精闢。」

羽場一定很想說「這是當然的」，但他仍秉持謙虛的美德回答：

「還好啦，沒那麼厲害。」

接著他對伊原笑著說：

「妳怎麼想呢？」

啊啊，竟然還刺激她。伊原雖不甘心，還是對千反田點頭表示同意。

羽場的話都說完了，差不多該走了。我站起來說：

「羽場學長，你的推理真精采，我們應該能給入須學姊一個好交代。那就先失陪了。」

羽場志得意滿地點頭，大家聽見我的發言也紛紛站起向羽場告辭，準備離開二年F班的教室。

千反田臨去之前看著留在桌上的福爾摩斯小說，問道：

「不好意思，羽場學長，書可以借我看嗎？」

這請求很奇怪，但羽場心情很好，便爽快地答應。

「那是本鄉的書，小心別弄髒了，要早點拿回來還。」

我在內心吐嘈：真會慷他人之慨。

伊原和里志也出去了，最後離開的我在關門前把頭探進教室，裝出臨時想到某事的語氣說：

「羽場學長。」

「嗯？還有什麼事？」

「沒什麼重要的事啦，我想問學長看過錄影帶了沒？海藤學長的斷手拍得很棒耶。」

羽場聽了苦笑地搖頭。

「其實我還沒看。」

這個答案讓我很滿意。

「真教人火大。」

伊原很謹慎地忍到走進地科教室才說。這簡短的一句話飽含了冰冷的怒氣，所以我不敢隨便說笑。

這種事只有里志能做。

「怎麼啦，摩耶花？妳看不慣學長那種挑釁的態度嗎？」

伊原慢慢搖頭。

「要說挑釁，你平時就很會挑釁了。」

她把里志那種天不怕地不怕的人生信念評為挑釁，說得真妙。其實我也覺得她是因為羽場糾纏不休地冷嘲熱諷才會生氣。伊原嘆著氣，彷彿在表示「你們都沒搞懂」。

「我討厭的是他看不起別人的態度。」

「對妳嗎？」

「對我也有啦……不只如此，包括我們這幾個、本鄉學姊，還有二年F班的其他人，他全都看不起。要說起來我其實沒理由生氣。」

她不會因為沒理由生氣而不生氣，即使輪不到自己生氣，她還是很火大。

我把羽場的言行舉止當作自信的表現，但伊原多半視其為驕傲，還說他輕視所有人。自信和驕傲確實很難區分，幾乎讓人懷疑根本沒有差別。我偷偷想著，會因此生氣的確很像「正義」伊原的作風。

「而且他連夏洛克・福爾摩斯都看不起耶。小福，你不生氣嗎？」

她的語氣很強烈，但里志聳聳肩，一臉無所謂地說：

「不會啊。」

「為什麼？」

「因為他說夏洛克・福爾摩斯是初學者讀物本來就合乎事實。我同樣覺得本鄉學姊要研究Mystery會立刻想到福爾摩斯，便代表她是初學者，妳也這樣想吧？所以沒什麼好生氣的啦。」

他拍拍伊原的肩膀。我想伊原是看不順眼羽場的驕傲態度，才會氣他對福爾摩斯缺乏敬意……算了，伊原發洩過後好像氣消了，我也無須多言。

更重要的是眼前的問題。我坐在桌上說：

「所以呢？羽場的意見可以啟奏『女帝』陛下嗎？」

三人朝我看來，包括翻著借來的福爾摩斯小說的千反田在內。

里志有點遲疑地回答：

「嗯，這個嘛……應該可以吧。坦白說，我不覺得這結論有趣，但本鄉學姊叫人準備堅固的繩子確實是個鐵證，即使細節出錯，應該也相差不遠。」

接著是伊原，她倒是很乾脆地點頭。

「我覺得沒什麼大問題……沒看到明顯的矛盾，這情節也很符合錄影帶電影的水準，我不會為反對而反對的。」

贊成兩票。那第三票呢？

我看著千反田，她不知為何非常迷惘，一雙大眼睛游移不定。她似乎想開口，但「呃」了半天還是說不出話。

「千反田，怎麼了？」

「呃……我實在沒辦法贊成。」

喔？

伊原拿出絕對不會對我展現的體貼態度問道：

「小千，為什麼呢？」

千反田的表情更困惑了。

「這是因為……我自己都搞不太懂，只覺得他說的多半不是本鄉學姊的本意。哎呀……我不會解釋啦，就像昨天聽到中城學長的想法一樣，只覺得怪怪的，為什麼呢……」

如千反田自己所說，這不算解釋，她自己搞不懂，我也一樣聽不懂，只知她持反對意見。千反田哀求似地望向我。別、別用那種眼神看我啦。

「折木同學呢？你也覺得他說得對嗎？」

唔……沒想到我會受到這麼大的注目，虧我本來還想說得輕鬆點。

我坐在桌上甩動雙腳，故作氣定神閒地搖頭說：

「不，我不這麼想。」

伊原馬上提出質問。

「為什麼啊？折木！」

……真是雙重標準。我暗自感到悲哀，答道：

「羽場說的方法不可能實現。若是現實中要在劇場殺人，只要事先做好準備便能使用這招，但是在這齣電影裡行不通。」

里志一如往常帶著笑容催促道：

「理由呢？」

「因為這跟已經拍好的影像互相矛盾。你們放下平面圖，想想前天的電影吧，還記得上手翼的窗戶嗎？」

就連看得不太認真的我都記得很清楚，再加上「放下平面圖」這句提示，這三人應該想得到。

里志點頭。

「喔，對耶，那扇窗戶啊……」

「沒錯，那窗戶棄置多年，很不好開，就算勝田站穩腳步、用力搖窗子都很難打開。你們記得開窗時的沉重聲音吧？分明關得很緊。

如果要拍攝兇手從那個窗戶入侵的畫面，鴻巢必須用登山繩垂降下去，維持不會折斷夏草的不穩定姿勢打開直開式窗戶，這相當困難，一定得花很多時間，還會發出很大的聲音，搞不好會弄破玻璃。再說，她喀噠喀噠地開窗的時候，海藤會怎麼做？呆呆站在原地？不可能吧？

如果本鄉寫劇本之前沒去現場視察過，很可能忽略窗戶不好打開而選了這條路徑。羽場也是沒看過拍好的影片，只靠平面圖來思考，才會誤以為這方法可行。」

「喔！所以折木同學才會問羽場學長有沒有看過錄影帶！」

千反田高聲說道。她聽見了我和羽場的對話？她的靈敏感官總是讓我大吃一驚。

「是啊，看過錄影帶就知道不可能從半空入侵。

中城說本鄉親自去過那間劇場勘查，然後才寫了劇本。若本鄉正如羽場所說打算使用那扇窗戶，而且她真的有入須形容得那麼細心，一定會叫攝影小組帶一罐潤滑油，以免讓屍體旁的窗戶給人一種關得很牢的印象，但本鄉沒有考慮到那扇窗戶很難開。

基於這個理由，我不贊成羽場的提案。你們說呢？」

用不著問，我一看便知里志完全接受我的解釋，伊原更是忿忿不平地丟出一句：

「唉，真不該那麼輕率地贊成。」

「那麼……」

我正要說話，後面傳來一個聲音。

「看來今天也沒有好消息了。」

我回頭一看，江波不知何時來了。

江波真的想解決事情嗎？她的語氣冷淡得讓人不禁這樣想。

「那只好期待明天了，我會約好第三位人選。」

「啊……那就拜託學姊了。」

我們迅速對話之間，千反田勉強插進一句問候。江波搖頭，不怎麼擔憂地加上一句：

「明天是最後的機會，如果不在後天晚上以前解決，就來不及在拍攝前寫好劇本了。」

今天是週三。說得對，時間真的很趕。

江波放鬆表情，對不安的我們深深鞠躬。

「我才該拜託你們，有勞你們費心了。」

四

「Bloody Beast」

又過了一天。

最近都是好天氣，今天全日本都很晴朗，是玩樂的好時機。早上我很難得地打開電視，看到海邊山上和其他地方都充滿珍惜夏末時光的人。曬黑的肌膚！滿臉的笑容！這才是假日啊！

我們則是圍著教室角落的桌子召開會議。

兩種我都不喜歡，硬要選的話，開會還比較合乎我的個性。若能自由選擇，我最想在有冷氣的咖啡店喝著熱咖啡，度過悠閒無為的時光，這種時候最適合喝酸味重的黑咖啡了。

「折木，發什麼呆啊？你一定在想些無聊的事。」

厲害。

我把心思拉回會議，主題不用說大家也知道，是關於「Mystery（暫稱）」的結局。就算討論這個，也沒人會批評我們逾越顧問的本分，更何況我只是靜靜地旁聽。會議最後由里志來做現狀統整。

「……所以羽場學長說得沒錯，那間密室太堅固了，雙層密室很難破解，尤其是外側的密室，我覺得根本不可能解開。」

里志說的外側密室即是羽場昨天提到的第二密室，也就是受到杉村監視，任何人都無法瞞著其他人潛入的一樓右側走廊。

千反田無助地歪著頭。

「不可能解開？為什麼說得這麼肯定？」

「小千，這是因為……」

伊原接著說。

「如果要破解羽場學長說的第二密室，一定得詳細拍出每個人的行動，還得附上時刻表，才能讓人知道有三十秒的死角。可是電影並沒有拍出這些，畫面太簡單了，反而找不出破綻。」

「喔，我懂了。所以無法判斷杉村學長何時沒看著大廳。」

伊原點頭，又沉吟了一下。

「而且杉村學長也不見得能避開瀨之上學姊他們的視線，所以我認為本鄉學姊沒有考慮到第二密室，是羽場學長想太多了，用『誰都進得了右側走廊』這個前提來思考不就好了？」

伊原，妳根本是放棄了嘛。可以那樣想的話當然很輕鬆。伊原立刻露出自嘲笑容搧搧手，收回自己的意見。

「不可能。攝影機還拍了從玄關大廳仰望杉村學長的畫面，那一定是在暗示大廳受到他監視。」

現場一片沉默，會議進行不下去了。

千反田可能敏銳地察覺到會議陷入僵局，她突然說：

「啊，我都忘了。」

她掏掏肩掛式書包。

「這些請你們吃。」

她從書包拿出漂亮小盒子裝的糖果，我看看寫在盒外的英文，是威士忌酒糖巧克力。

「這些是哪來的？」

伊原看著赫然出現在桌上的漂亮糖果，愕然問道。千反田笑嘻嘻地說：

「這是我們家在中元節光顧過的糕餅店送來的試吃新產品，因為我家的人不常吃甜食……」

她打開盒蓋，裡面約有二十顆頗大的酒糖巧克力。

「妳要請客我就不客氣了。」

我拿起一顆撕開包裝，將巧克力球放進嘴裡，一咬下去，杏仁和威士忌的濃香頓時竄進鼻腔。千反田觀察著我的表情，問道：

「如何？」

「酒味好重……」

好像會讓人酒醉。我基於禮貌又吃一顆，再多就不行了。

眾人各自拿起巧克力時，我想了一下這件事。

總而言之，這齣「Mystery」最強的武器即是資訊有限。正如伊原所說，因為拍得不精細，反而更難找出破綻。再說，只靠影片中的資訊真的破解得了嗎？想到這裡，我簡直想從頭檢查早已確認過的事。事實上，電影的確沒拍出劇場大廳大門不通和北面窗戶釘死這幾點嘛。不過我們既然指出了這些缺失，大後天（對，就是大後天！）的最終攝影應該會拍些畫面來補充這些資訊。

我突然想到中途退出的編劇本鄉真由，她沒讀過推理小說，卻受命撰寫推理劇本，因此拚命到胃痛、神經痛，江波也說她很認真。想想本鄉還真可憐，她那麼賣力地寫劇本，攝影小組卻毫不重視推理，拍出來的影片讓人看了都忍不住懷疑「真的破解得了嗎？」本鄉要是聽到不知做何感想。

罷了，一定不會是開心。

「唉……」

我不自覺地嘆氣。

此時我發現一件嚴重的事。放在我面前的酒糖巧克力包裝紙有兩張，里志面前也有兩張，伊原則是一張，千反田的面前竟然有六張，而且她正要撕開第七張包裝紙。我急忙制止她：

「妳還是別吃了，畢竟是酒做的。」

千反田一聽，看看手上的第七顆酒糖巧克力，又看看丟在旁邊的包裝紙，我還沒搞清楚她想幹嘛，她已經吃下了第七顆。

她充分品嘗味道、吞下酒糖，然後說：

「哎呀，我吃了這麼多？味道有點怪，我沒想到是這樣的東西，所以很好奇。」

還好奇咧……

「小千，妳沒事吧？」

伊原發現千反田的情況，也關心地問道。千反田微笑著回答：

「沒事？會有什麼事？」

「看妳吃了那麼多……」

「沒關係啦，沒關係。嘿嘿嘿嘿……」

喂喂，妳的笑聲都變了耶。

到了約好的時間，今天來的也是江波。她以同樣冷淡的態度站在地科教室門口，稍微皺起眉頭。

「這個味道……是酒？」

里志立即答道：

「不是啦，是威士忌酒糖巧克力。」

這個笑話對江波似乎起不了作用。她不再關心酒臭味，拿著一疊影印紙走來。

「折木同學。」

喔，叫我？我站起來接過影印紙，發現那是我前天向江波討過的劇本。有了劇本便能判斷本鄉的指示詳細到什麼地步。

「我昨天就該拿來了。」

妳的確該早點拿來。我發現自己竟然這麼想，不禁苦笑。我不是抱定主意絕不積極參與嗎？可能是連續擊敗中城和羽場，讓我有點得意忘形了。

必要的事得盡快做。我馬上尋找前天有疑問的地方，看看有沒有關於上手翼犯案現場的指示。不需要找，我剛好翻到那一頁。

鴻巢：「管理室有萬能鑰匙，我去拿來。」

從這裡到開鎖為止，建議用一個鏡頭拍到底。

開門以後，只要男生進去就好。（女生請站在門邊。）

海藤倒在房間裡，可以一眼看出手臂受重傷，叫他也不回答。

杉村：「海藤！」

男生全跑過去。

誰跑在前面都可以。

杉村扶起海藤，手上沾了血。

杉村：「血……」

所有女生（慘叫）

勝田：「海藤！混帳，是誰幹的？」

勝田打開窗戶。（有些裂痕，要注意玻璃。）

窗外拍久一點。請避免在窗外留下腳印。

勝田去下手翼，要經過舞台或後台通道都行，不過舞台的木頭地板已經腐朽，請多注意腳邊。

寫得相當詳細嘛，原來她整本劇本都寫得如此費工。從「避免在窗外留下腳印」這行字可知中城說得沒錯，本鄉去視察時夏草還沒長出來。就這點來看，中城的推理應該正確。

我在思考時，千反田說：

「那是劇本嗎？」

「是啊。」

她聽了笑逐顏開。

「真好真好，我也想要～」

……她醉了。交給千反田原本是最省事的，但她現在的情況讓人很擔心，我不敢拿給她，就問里志：

「里志，你有沒有帶打洞器和文件繩？」

里志板著臉回答：

「哪有人隨身帶著那種東西？」

「訂書機也行啦。」

「這我有，不過正確說法應該是釘書機。」

會隨身攜帶這種東西的人也很少見吧？里志從東口袋裡掏出釘書機，俐落地釘好劇本。

「這本要怎麼辦？」

「弄丟就糟了，折木先收著吧。」

我聽從伊原的指示，將劇本收進斜背包。江波見狀便說：

「我們走吧，對方已經在二年C班等著了。」

我們走出教室時，音樂正好響起。今天換成輕音樂社啦？這首是……〈*The March of Black Queen*〉。為什麼每次都剛好碰上某個社團在試奏？我們每次都約在下午一點，那些音樂類社團可能說好從這時間開始輪流試奏，因此聽不見其他社團練習的樂聲。

伊原問走在前面的江波。

「今天是……」

「澤木口美崎，她是宣傳小組的成員，幾乎完全不接觸拍攝。而且電影還沒拍完，宣傳活動至今都還沒開始。」

這樣根本不算相關人士，有什麼好談的？江波早已準備好要怎麼回答這理所當然的質疑。

「澤木口參與了初期企畫，很清楚訂出企畫方向的過程，可能會有好點子。」

她稍停一下，又說道：

「至少入須是這樣想的。」

喔，是初期成員啊……江波說她可能有好點子，我對此存疑。他們雖然訂出大致方向，結論卻很隨便。不只入須提過，只聽中城和羽場的意見也知道，二年F班的錄影帶電影除了「Mystery」之外沒有任何具體企畫，所以參與這種企畫制定過程的人也不見得好到哪裡去。我這樣想但沒說出來。

千反田在走廊突然大喊一聲：

「啊！我想起來了！」

「小、小千，妳幹嘛突然大叫？」

這近距離的喊叫嚇到了伊原，但千反田沒理她，開心地把雙手交握胸前。

「對了，澤木口學姊就是畫那張圖的人啊！我今天記性真差，竟然現在才想到。」

什麼？千反田認識她？江波疑惑地回頭。

「畫圖？澤木口偶爾會畫畫圖，妳在哪裡看到的？」

千反田笑咪咪地說：

「在美術教室。折木同學，你明明認識她還假裝不知道，真是壞心眼。」

她邊說邊纏著我。這傢伙醉了就會笑嗎？幸好不是更糟糕的酒癖。對了，她說什麼？美術教室？

我還在尋思，伊原倒是先想起來了。

「啊！就是借了那本怪書的其中一人嗎？」

說怪書好像有點失禮，但她這麼一提我也記得了。今年春天，我解開了一樁關於圖畫的謎團，在過程中看過幾個女學生的名字，原來她也是其中一個。

千反田像是在回想，視線飄往半空。

「喔喔，澤木口學姊啊……我記得她畫了一幅很特別的畫。」

我的記性沒有好到連圖畫內容都記得。隸屬於漫畫研究社，對圖像很有興趣的伊原點頭同意。

「是啊，我想起來了。該說拙劣還是有個性呢……總之不像學校美術課上會畫的東西。」

「是不是抽象畫？」

里志雖然搞不懂狀況還是插嘴問道，伊原有些不高興。

「有點類似畫技不好但很精采的漫畫。」

在稍遠處聽我們談話的江波微笑著說：

「既然你們看過澤木口的畫，見到她本人應該不會覺得突兀。」

這是什麼意思？別賣關子啊……

江波停下腳步，二年C班的教室到了。

那個女學生綁著髮髻。不，與其說髮髻，不如說是中式的包包頭還比較貼切。她的後腦兩側各有一個裹著龍紋花布的髮團，身穿無袖上衣和牛仔褲，皮膚曬得有點黑，手上拿著一本雜誌，那是……天文學雜誌。這個整體形象極不協調的女生見我們來了，便笑著揮揮手。

「Ciao！」

她用義大利語打招呼，千反田毫不遲疑地回禮：

「澤木口學姊，妳好。」

澤木口卻重重嘆了一口氣，用美國人般的誇張反應無奈搖頭。

「真是外行，人家說Ciao，妳不回答Ciao怎麼接得下去呢？好吧，再來一次。Ciao！」

千反田瞄了一下不知該做何反應的我，神色自若地回答：

「對不起，那就Ciao！」

這傢伙真的醉了，平時的千反田如果碰到莫名其妙的行為，自己也會慌張地做出更莫名其妙的反應。我這麼想的時候，里志小聲地說：

「真是個怪胎。」

「的確。」

「沒想到神山高中還有我不認識的怪人……」

他有點不滿，看來物以類聚這句話也不是那麼絕對。江波好像聽見了，一臉傷腦筋地露出苦笑。

澤木口很開心，大概很滿意千反田的回應。

「遠道而來辛苦了，我是澤木口美崎。」

她自我介紹之後，江波指著我們說：

「美崎，這幾位是古籍研究社的人，請多手下留情。」

要是她不手下留情，我真的跟不上。江波沒向澤木口介紹我們，所以我們各自報上姓名，她似乎不打算記住，只是隨便聽過，排在最後的里志一講完，她立刻說：

「喔，好啦，坐下吧。」

「好的。」

我們剛拉開椅子，江波丟下一句「有勞你們了」便離開了。教室門關上後，澤木口啵啵按著指關節，開門見山地說：

「你們是來幫忙的吧？怎樣？其他人的提案行得通嗎？」

里志誠實地說：

「不太行。」

「都駁回了嗎？」

「嗯，是啊。」

澤木口頻頻點頭，好像很高興聽見這個答案。

「這樣才對嘛，學生就該多吃點苦頭，『追僅的念晴任』都過得太好命了。」

她的腔調簡直像外國機器人，害我一時之間聽不懂她說的是「最近的年輕人」。這傢伙老愛說些別人聽不懂的話，我也不排斥就是了。

里志高興得像挖到寶。

「對啊，這件事還挺棘手的。我們可是鬥志滿滿，如果連這種程度的挑戰性都沒有就不好玩了。」

什麼挑戰性啊？我知道里志有兩句口頭禪，一句是「說笑只限即興，會留下禍根則是說謊」，另一句是「資料庫做不出結論」。自詡為資料庫的里志從不設法找出解答，虧他還敢大言不慚。

澤木口大笑。

「很可靠嘛。既然你們是入須推薦的，想必不是普通角色。怎麼辦呢？如果我也壯志未酬，後事可以託付給你們嗎？」

「沒問題，交給我們吧。」

我心想，即使只是口頭答應，態度太過輕率可是會後悔莫及喔。話說回來，澤木口的態度也很隨便。

「好，交給你們，全都交給你們吧。」

里志一跟她混熟便心安理得地開始閒扯。

「澤木口學姊也很頭痛吧？宣傳小組的工作根本開始不了嘛，沒作品要怎麼宣傳呢？」

「就是嘛。」

澤木口氣鼓鼓地將雙手環抱在胸前。

「沒有作品連海報都很難做，不過我們還是盡量想辦法了。」

「有什麼問題嗎？」

「這還用問？」

她深深地嘆息。

「當然是標題，沒有標題哪裡做得下去，想題字也沒得題。其實東西拍出來自然會有標題，問題是連成品都沒有。」

說得也對。文化祭活動的宣傳通常是掛布或海報，如果上面沒有作品標題也太空虛了。

澤木口朝里志一笑。

「所以，現在務必先解決劇本。在我發表自己的提案之前，先讓你們問問題吧，有什麼想知道的都可以問。」

發問啊……我看到她這麼熱情也不知道該問什麼，不過千反田毫不在意。

「那我就問嘍。澤木口學姊，妳參加過決定班展大方向的初期會議嗎？」

澤木口一臉詫異。

「嗯，是啊，我參加了。」

「妳也參與了拍攝錄影帶電影、選擇Mystery這個題材、請本鄉學姊寫劇本這些決議嗎？」

「對啊。」

千反田探出上身說：

「可以請妳說一下決議的過程嗎？」

千反田在問什麼啊？這跟主題有什麼關係？她的表情與語氣雖和平時沒兩樣，說不定早就無法正常思考了。我小聲地勸她：

「千反田，別問無聊的事啦。」

千反田轉頭看我。

「可是我很好奇嘛。」

她說完又轉頭看著澤木口，這傢伙根本失控了嘛。所幸澤木口不介意，她笑著揮手。

「我的確參加過決議，不過每個成員都參與了所有決定。這不是比喻，是事實。」

聽到這意外的回答，里志問：

「什麼意思？」

「沒什麼，既然人數不多，採取直接民主制也很有效率。」

「……全都用問卷決定？」

「你的反應很快嘛。」

她隨手拍拍里志的肩膀。

「多數就是正義，最大多數人的最大幸福即是我們的理想。我們並非沒有吵過，總之幾乎都靠問卷決定。」

我猜或許有人不能接受這個結果，但入須也說過，目標是完成二年F班的企畫，只要拿得出成果就好，他們其實沒那麼在乎要做什麼，所以全用問卷決定也挺適當的。

千反田又問：

「找本鄉學姊寫劇本也是用這種方法決定的嗎？」

澤木口回想了一下，才苦笑著說：

「啊，這件事除外。這項工作只有本鄉能做，所以用不著投票了。」

「她是毛遂自薦？」

「不，是別人提名的。至於是誰提的嘛……我不記得了。」

千反田皺起眉頭，一副很難過的樣子，我不知理由為何，而且我完全摸不透千反田對這件事懷著怎樣的感情。

澤木口突然想起某事，她從自己的腳邊拿起一個和尚袋。要嘛東口袋，要嘛和尚袋，怪人帶的東西一樣很怪。澤木口掏著袋子說：

「妳很想知道我們的決策過程嗎？既然如此……」

她拿出一本筆記。

「不知道這東西有沒有幫助，妳想看就拿去看吧。」

千反田翻開她拋下的筆記，裡面羅列著數字和文字，我剛開始實在看不懂那是在寫什麼。

No.4　要做什麼？
- 畫展……1
- 話劇……5
- 鬼屋……8
- 電影……10

決定拍電影。

No.5　拍什麼電影？
- 歷史劇……1
- 無厘頭喜劇……8
- 鬧劇……3
- Mystery……9

・冷硬動作片……2
・空白票……1
決定拍Mystery。

繼續翻下去，連更繁瑣的細節都有。

No. 31　用什麼凶器？
・刀（刺死）……10
・鐵鎚（打死）……3
・繩索（勒死）……8
・其他
潑油燒死……1
推下高樓……2
建議用刀。（但採取與否由本鄉決定）

No.32 死幾個人？
・一人……6
・二人……10
・三人……3
・更多
四人……1
死光……2
上百人……1
・無效票……1
建議死兩人。（但採取與否由本鄉決定）

我好一陣子才看懂，這是問卷結果的統計表。差不多和我在同一時間領悟的伊原抬眼問澤木口：

「這本筆記可以借給我們嗎？好像是對學姊很重要的東西……」

「沒關係，反正都是些早已決定的事。」

我最直接的感想是：與其問她能不能借，我更想問借這種東西要幹嘛？入須找我們來是為了判斷他們的解謎正確與否，製作過程根本無關緊要。千反田到底在想什麼……這也是個謎。

或許只是因為她醉了。

千反田闔上筆記，小心翼翼地拿起，又說：

「既然學姊要我們儘管問，那我再問一個問題。」

「好啊。」

「學姊和本鄉學姊很熟嗎？」

這句話好像很耳熟，我仔細一想，千反田也問過江波同樣的問題。澤木口迷惘地回答：

「唔……我們只是普通同學。」

從聽過的話來判斷，本鄉真由的性格應該很軟弱，不難想像她跟這個被里志稱為怪胎的人合不來。

千反田露出明顯的遺憾神情低下頭。

「是嗎……」

「你們想問的只有這些？」

澤木口對我們問道。我沒什麼問題好問了，其他人八成也是。她看到我們的反應，稍微探出上身，準備進入正題。

「好，那請你們聽聽看我的提案，如果行不通的話……你們明白該怎麼做吧？」

澤木口惡作劇似地笑了。

「雖說要找兇手，但我很懷疑是不是真的該找兇手。」

澤木口只說了這句話，接著興趣盎然地看著我們。或許正如她所料，我們都搞不懂情況。

伊原問：

「……什麼意思？」

「嗯……這是文化祭活動，一定得搞得很盛大，如果從頭到尾只死一個人不是很悶嗎？

羽場傻傻地一口咬定『這是本格派推理！』，但我聽見Mystery，會想到的是截然不同的東西，本鄉或許也是，所以我認為那部電影接下來才要進入重頭戲。」

截然不同的東西……？

我們還沒問那是什麼，澤木口就先說：

「喂，你啊。」

澤木口叫的是我。

「你聽見Mystery會想到什麼？」

她突然這樣問我，我實在不會回答。該說最具代表性的Mystery作品嗎……要是舉出我立即想到的書名，澤木口一定不滿意，所以我講了一本很有名的作品。

「《東方快車謀殺案》之類的吧。」

但澤木口也不喜歡這個答案，她皺起眉頭。

「這是你個人的偏好吧？」

我忍不住回嘴。

「可是這本知名度很高啊。」

澤木口搖搖食指，口中嘖嘖作響。

「我的意思是，會講出『推理小說』正是你的偏好。你自己沒意識到嗎？一般來說，如果去錄影帶出租店找『Mystery』，店員會先拿出什麼？」

我不明白澤木口想表達什麼，左右張望一下，其他人似乎也想不到。

澤木口焦躁地提高聲調。

「問卷結果高票選出Mystery時，根本沒人想到推理劇。你們怎麼都不懂？說到Mystery，照理應該最先想到《十三號星期五》或《半夜鬼上床》這些吧？」

喔喔，這樣啊？是我不對……

才怪！

那種東西怎麼可能是Mystery？澤木口說的全是怪物濫殺無辜的電影……也就是恐怖電影，那才不算Mystery！

沒想到竟然有人同意澤木口的主張，是里志。里志看似佩服地頻頻點頭。

「喔喔，這的確是個盲點。」

他在配合澤木口開玩笑嗎？也不看看時間場合。我開口制止里志的玩笑：

「喂，里志，你不是認真的吧？」

我心想只要這麼一問，謹守「說笑只限即興，會留下禍根則是說謊」這句格言的里志必定會承認自己在說笑，因此他的回答更讓我吃驚。

「有什麼問題嗎？」

他是認真的？

「你真的會把《十三號星期五》歸在Mystery？」

「不會，可是歸進去也沒什麼不對。」

伊原看著他的側臉說：

「小福，你解釋清楚一點啦。」

里志點頭，先清清喉嚨才說：

「嗯，問題出在『Mystery』一詞太普遍了，這個詞可以用來指偵探小說……怎麼稱呼都無所謂啦，總之就是罪犯和偵探的故事，此外還包括所有懸疑題材，像『十三號星期五』這種恐怖片有時也能算在其中。」

伊原好像很不能接受，里志的表情放鬆了一些。

「摩耶花，妳常去書店嗎？」

「唔……不算很常去。」

「妳可以找書名有『Mystery』的雜誌來看，漫畫雜誌也行，看過妳就明白我的意思了。要不然也能看看『夏季Mystery書展』這類活動出現的作品陣容，應該能理解Mystery的範疇不只偵探小說。」

唔……

我和伊原一樣無法接受，但我明白里志想表達的意思。媒體上出現「Mystery」這個字時，經常使用滴血般的字體，但我不認為推理小說的主要目的是敘述流血慘案，所以若說那種滴血字體不只代表推理小說也很合理。即使如此，我還是不覺得這種解讀方式合理，澤木口美崎的思路太具獨創性了。

算了，重要的是這跟目前的任務有什麼關係？

澤木口得到里志的聲援，挺胸說道：

「總之就是這樣，你們對推理很拿手，所以才會想歪。現在你們應該明白電影接下來要怎麼演吧？沒人進得了海藤死掉的房間，可見一定有第七個人，而且本鄉也到處打聽，除了這六人之外還有哪一個人可以參與演出。」

我頭一次聽見這件事。難道澤木口的結論是……

澤木口愉快地說出她的猜測。

「大家開始疑神疑鬼，愈來愈不信任彼此，這時怪物就該上場了。我不知道劇情會安排怎樣的大開殺戒，反正不可能全死，這樣太虛了。我猜會有一對情侶活下來，其他人都被殺個精光，最後一幕必定是情侶打倒怪物，在晨曦中接吻。標題也要照這方向來取，英文比較好……嗯，譬如『Bloody Beast』，這會不會反而顯得很遜啊？」

我不斷在心中大喊「不會吧？」但澤木口不像是在說笑，而且她還加上一句「這樣大家一定能接受」，看來她真的認為恐怖電影是正確答案。她深信自己的觀點最普遍，完全不接受其他解釋。

伊原難掩疑惑，提出反駁：

「可、可是，學姊，密室要怎麼辦呢？門都鎖住了。」

澤木口滿不在乎地說：

「鎖住又怎樣？」

「……！」

「怪物當然會穿牆，要不然……對，一定是怨靈。嗯，這種才對，超自然題材也不錯。」

原、原來如此……

好個完美無缺的答案，我簡直佩服得五體投地。她輕輕鬆鬆地解決了我們這四天苦惱不已的問題，尤其是密室之謎。「鎖住又怎樣」，好一句至理名言。

伊原、千反田、里志似乎還有話想說，但我什麼都不想問了，因為澤木口的精采論點吸引了我所有的注意力。

鎖住又怎樣！

我們回到地科教室。

頭一個反對澤木口的是千反田。

「她錯了，一定錯了！澤木口學姊的提案不可能是本鄉學姊的本意！」

「當然，她是認真的嗎？開什麼玩笑嘛。」

伊原也贊同千反田的意見。

她們兩人強烈反對澤木口的提案，讓里志起了惡作劇的念頭，他撂下一句：

「那你們反駁看看啊。」

接著他微笑著補充一句。

「……要用理論喔。」

真是的，里志這傢伙有時還真惡劣。伊原噤口不語，這也是當然的，澤木口的意見說穿了就是放棄。密室、不在場證明、凶器……她用「兇手是邪靈，可以用超自然力量如何如何」的理由解決一切，太完美了，簡直完美得令人絕望。千反田仍不肯屈服。

「可是她錯了。」

「我說過要用理論。」

「她錯了，絕對錯了，因為……啊！」

千反田想到什麼了嗎？

不，她突然開始搖晃，朦朧的眼神不知在看哪裡，口中喃喃說著：

「好像萬花筒。」

萬花筒？

我發現千反田的臉色變得很蒼白，她的皮膚原本就白，現在更是白得非同小可。我想問她「沒事吧？」，其實也用不著問。

千反田的上身左右搖晃，猛然趴在桌上。

「咦！小千！」

伊原要去扶她卻扶不起來，接著聽見熟睡的鼻息。千反田醉倒了，如果偷看人家的睡臉也太沒品了。話說回來，就算酒糖巧克力包的是烈酒，哪有人只吃七顆就會醉倒……算了，讓她去睡吧。

我和里志互看一眼，他對我聳聳肩。我不打算幫已經陣亡的千反田報仇，但還是說：

「里志，那你自己又怎麼想？你接受澤木口的提議嗎？」

里志微笑著搖頭。

「我很欣賞她的大膽假設和跳脫思考，但是實在難以信服。算了，畢竟我也沒有反對的依據。」

喔喔，原來里志也不贊同。

我笑了。

「真遺憾，我也很欣賞她的意見。」

「也對，那是能一口氣解決所有問題的好點子，該說一網打盡還是一氣呵成呢？你欣賞她也是應該的。」

「不過還是有矛盾之處。」
我隨口的發言吸引了伊原的注意，她高聲問道：
「咦？你能推翻她嗎？」
不知道究竟算不算矛盾，反正理由說來不長，先說說看吧。
「你們想想羽場昨天那番話，就會明白澤木口的提案不正確。其實也沒什麼大不了的。
本鄉還沒寫完劇本就病倒了，但她如果把電影後半寫成血腥的靈異恐怖片，一定會提早叫人準備必要的道具，而事實上，她沒叫人準備最重要的東西。」
「最重要的東西……？」
伊原訝異地說，里志也歪著頭。
「還記得羽場抱怨過的事嗎？」
伊原聽到這個提示就領悟了，她「啊」了一聲，看著我說：
「我懂了……是血漿。」
「對，本鄉指定的血漿分量給海藤一個人用都不夠了。雖然羽場說本鄉表現得起伏不定，但是殺人場面如果很多，絕不可能沒有指示，所以本鄉一定沒打算殺死很多角色。血漿還是小事，連凶器、特殊化妝都沒準備，太不合理了。更何況澤木口也說過……」
里志接著我的話說：
「只死一個人的恐怖片太悶了。」

我點頭。

澤木口或許想得很認真，但她太相信自己的觀點，不理解看在旁人眼中多麼可笑。她的提案還算有道理，或許有機會實行。但宣傳小組無事可做，使她無法得知其他小組的狀況，這是讓她產生誤會的最大因素。

伊原一臉無趣地說：

「唔，凡事都有理由呢。」

真是一針見血。

里志和伊原都不反對，所以我們順理成章地否決了澤木口的提案。可是這麼一來，三位偵探自願者的意見全都駁回了……

沉眠的呼吸聲傳來，千反田毫無清醒的跡象。

五

很有料

我還以為見過澤木口後江波就會來了，卻遲遲等不到她。如果我們不報告是否採取澤木口的提案，該煩惱的是他們吧？到底在幹什麼啊？太陽西斜，精力旺盛的神高學生紛紛踏上歸途，我們也關起了社辦。至於聯絡的事，既然千反田認識入須，總是有辦法的。

千反田醒來後發現自己醉倒，頓時羞紅了臉，但她好像還沒完全酒醒，走向校舍門口的途中仍會不時搖晃一下，我真擔心她沒辦法平安回到家。

千反田和伊原率先相偕走出校舍。我和里志大致順路，走到校門時，里志甩著他的束口袋，慢吞吞地說：

「結果還是全軍覆沒，那部錄影帶電影不知會有什麼下場。」

這還用說嗎？既然這三天都沒發現通往正確解答的路徑，一定拍不完。

我回答後，里志帶著微笑稍微皺眉。

「真教人感傷呢，好比『大阪舊事，宛如夢中夢』（註一），不，或許該說『昔日兵家榮華夢』（註二）。千反田同學醒來以後就得煩惱了。」

「那你有什麼打算？」

「我？我接下來要開始忙了，不能再為別班的事耗費精力。」

我們跟其他離校學生一起步上通學道路。天色已是黃昏，殘暑漸漸消散，迎面吹來的風不只涼快，還有點冷。夏天快要結束了。

到了第一個路口，里志指著他平時不會走的方向。

「我有事要往那裡，再見啦。」

說完他就走了。

我一個人漫步回家。

是啊，那部錄影帶電影一定拍不完。我回想起這四天見到的二年F班學生。

中城把完成電影的熱誠當作武器，扛下自己不熟悉的解謎任務。

羽場因了解Mystery而自負，深信自己找到了正確解答。

澤木口把自己的認知想得太理所當然，結果得不到廣泛認同。

這幾個人都用自己的方式努力，即使帶有輕率、驕傲或者粗心這些缺點，想完成班級企畫的心意卻一點都不假。他們請我們裁決，結果提案全被推翻，因為那些提案都錯了。

算了，沒辦法。我很同情他們，但這不是我們的錯，就算抹消不了心中遺憾，我也不至於善良到願意背負隔岸之火。所以我一開始就說不想插手這件事嘛。

道路通往人煙稀少的住宅區，就快到家了，回去後好好睡一覺吧。里志說得對，我也沒義務為別班的事煩惱，拍不完電影的責任全在那些缺乏計畫性的成員身上，本來就該把事情丟回去給他們。我拉拉下滑的背帶，抬頭仰望天空。

視線拉回前方時，我發現有個人站在那邊。

身穿制服的入須站在路底的「停止」標誌旁等著我，我一發現她，她便朝我走近幾

註一：典出豐臣秀吉的辭世詩。

註二：典出松尾芭蕉的俳句。

步，說：

「可以花點時間陪我喝杯茶嗎？」

說也奇怪，我竟然乖乖地點頭了。

我隨著入須經過一條沒走過的路，來到河邊的小道。這裡有茶店嗎？我才剛這麼想，馬上看見掛在店家門口的低調紅豆色布簾及電燈泡燈籠。這間店裝潢高雅，不像高中生會在回家途中去的地方，但入須不以為意地走進布簾，拉開拉門，並且轉頭對猶豫的我招手。我走進去時，看見布簾一角用優雅字體寫著小小的店名「一二三」。

店內瀰漫著榻榻米特有的藺草味和茶香，感覺很有深度。沒看到櫃檯，所有座位都是包廂，當然全都鋪了榻榻米。入須拉平制服裙襬，禮儀端正地跪坐，一個身穿圍裙的女侍立刻走來，入須點了抹茶。

「你要喝什麼？」

「……」

「怎麼了？」

「沒有，我沒想到妳說喝茶真的是喝茶。呃，那我點玉露冷泡茶好了。」

我隨便點了菜單最上方的茶，入須苦笑著說：

「雖然我早有請客的打算，但你真的很不客氣。罷了，我還是會請你的。」

聽她這麼一說，我再看看菜單，不由得大吃一驚，價格竟然比一般晚餐還貴。

我猜得到入須為何邀我，但她一直沉默不語，我很不舒服地一再拿起冷開水喝，入須也平心靜氣地等著。

不久後，我們點的抹茶、玉露冷泡茶和各自的茶點整齊地擺在桌上。入須喝了一口抹茶，終於切入正題。

「中城不行嗎？」

我點頭。

「羽場也是？」

「是的。」

她停了片刻又說：

「那澤木口呢？」

這可不是我們害的……

「還是行不通。」

入須凝視著我的眼睛，這段時間感覺好漫長，我約有半秒被入須盯得動彈不得。

她吁了一口氣。

「是嗎？」

「很遺憾。」

我答道，然後喝了一口玉露冷泡茶。真是未曾體驗的美味……我很想這樣說，事實上卻食不知味。入須明明沒責怪我，語氣也不苛刻……或許我只是跟她合不來吧。

入須的視線落到茶杯裡，嘴角隱約揚起。

「遺憾？你這句話說得真怪，遺憾的應該是我和我的朋友，而不是你吧？」

她說得沒錯，我這三天的態度本來也是如此……為什麼我會這麼自然地說出「遺憾」一詞呢？

我還沒想出理由就先開口：

「不，真的很遺憾，我本來期望可以完成的。」

入須微笑了，表情比剛才更柔和。

「沒想到你會同情我們。」

「大概是感情投射吧。」

我拿竹籤插起「最中」（註）放進嘴裡，味道好甜膩，喝一口玉露冷泡茶，甜味頓時消除一空。

入須平靜地說：

「我想請教一下，是誰否決了中城的提案？」

我真不知該怎麼回答，但入須的表情透露出她早已心知肚明，所以我也沒必要隱瞞。

「……是我。」

「羽場和澤木口的提案也是你否決的？」

「是的。」

「問題出在哪裡呢？」

我如實回答，包括夏草的視察、其他角色的視線、第一密室、第二密室、使用登山繩爬入窗內、很難開的窗戶、Mystery一詞涵義之廣、本鄉的指示……我淡淡說出這三天的要點，入須默默傾聽，不時喝上一口抹茶，從表情完全看不出她在想什麼。

「因此我覺得無法採用澤木口學姊的提案。」

我說完後，喝完剩下的半杯茶。入須只答了一句「這樣啊」便不再開口。

過了一會兒，入須才撫著茶杯說：

「我要請你們來解決這件事時，你說過不想負擔不當的期待，但你這三天卻表現得超乎我的想像。你一一駁回了中城等人的提案……跟我原先想的一樣。」

跟她原先想的一樣？她一開始就認為沒人找得出正確解答？

我意識到自己的眼神變得銳利，但入須完全不為所動，她既不瞪我，也不轉開視線，依然神色自若地說：

「他們終究沒有本事，不管再怎麼努力，他們還是缺少了解決問題的必要才能，我打從一開始就知道了。

他們當然不是無能，如果中城當主導者，羽場負責督導，澤木口扮演丑角，都能施展出不可取代的才能，可惜他們能力再好，也沒辦法在這次的困境中發揮用處。

要是沒有你，我一定會採取他們其中一人的提案，然後在拍攝完才發現破綻，看著這

註：原意為「滿月」，以薄脆的糯米外皮和紅豆餡做成的圓形糕點。

個企畫一敗塗地。」

好冷酷，簡直不留情面。

入須對那些人真的不抱半點期待。

那麼她期待的是誰？

入須放開茶杯，正襟危坐，那筆直視線當然是對著我。我突然感到，入須想的並不是束縛我，而是打倒我。

「你在這三天證明了自己的能力，如果偵探是評論家，你能如此深入分析其他偵探的成果，一定也能擔任偵探。我相信自己的期待並無不當，你真的很特別。

我要再一次請求你，折木，請你幫助二年F班，找出那齣電影的正確解答。」

入須說完後，深深鞠躬。

我盯著她，有如看著一旦打破就會毀掉人生的昂貴美術品。各種想法在我的腦海中打轉，我的才能——不是別人，而是我——很特別，而她如今在懇求我。

但我真的可以相信嗎？我長久以來一直覺得自己是個凡人，沒有任何特殊能力，就算我能搶先里志他們一步解決千反田找來的麻煩，也都是靠運氣，我的本質跟他們毫無差別。入須卻否定了這一點，她說的話帶有脅迫般的力量，深深撼動了我。

才能啊……雖然入須一再保證，但我從來不曾相信過自己擁有那種東西……

我無法回答，入須起先很有耐心地等著，後來突然緩和了表情。

「我又沒有要你承擔責任……真不乾脆。」

「……」

「那我再說一件事，你不用想得太嚴肅，當成隨口聊聊吧。

某運動社團裡有個候補選手，她為了升上一軍一直努力，拚盡全力努力，她能承受這種辛苦，都是因為熱愛這種運動，以及想要藉此成名的野心。

可是過了幾年，這個候補選手還是當不了一軍，理由很簡單，因為這個社團裡有很多人才，每人的能力都比這個候補選手更強。

其中有個能力極強，擁有天生才能的選手，她徹底超越了其他人的等級，跟那個候補選手當然有著天壤之別。她在某場大賽表現得非常耀眼，全體一致選她為最有價值選手，還有媒體來採訪。記者問『妳表現得非常精采，有什麼祕訣嗎？』，她的回答是……

『只是運氣好。』

我想這句話聽在候補選手的耳中一定無比辛辣，你覺得呢？」

入須又凝視著我，我突然覺得口好渴，但杯裡已經沒有茶了。我伸手去拿僅剩的冷開水。

這時，入須喃喃說了一句話，彷彿剝下了平時那件女帝的外衣。她大概不是在對我說話……我聽見的是：

「任何人都該有所自覺，否則……在旁邊看著的人就太可悲了。」

流進喉中的冷水讓我通體清涼。

我並非自卑，而是用客觀的角度評論自己，但入須一而再、再而三地高聲主張我對自己的評價有誤。仔細想想，不只入須這樣說，就連里志、千反田、伊原都對我說過類似的話，難道我看自己的角度會比他們所有人都客觀嗎？

再說，我不也覺得自己比中城、羽場、澤木口更行嗎？

……試著相信一次吧。

相信自己有那種價值。

我的思緒漸漸往那方向傾斜，但我還得花些時間才有辦法說出口。在那之前，入須什麼都沒說，一直靜靜地等著。

六

「萬人的死角」

隔天早上，我檢查過錄影帶已放入斜背包，才走出家門。

昨天我在「一二三」茶店答應入須會想出一個提案，她就把事先準備好的錄影帶交給我，說道：

「剩下的時間不多了，我們約在明天下午一點，地點讓你選吧，到時再把你的結論告訴我。」

我拿捏不定該選自己家或我常去的咖啡店「鳳梨三明治」，經過考慮，我決定選地科教室。

如今我正朝地科教室走去，時間還不到十點。我走出住宅區，來到大街上，和人、車、腳踏車交相往來的十五分鐘裡，我什麼都沒想，只在心中默唱喜歡的民謠，漫步而行。過了這三天，錄影帶的細節已完全從我的記憶裡消失，現在思考那件事太沒效率了。

我從商店街的房屋之間瞥見神山高中，走到此處，突然有個聲音由後方叫住我。

「喔，奉太郎。」

世界真小。回頭一看，那是里志。他穿著神山高中標準夏季制服，跳下腳踏車，提著束口袋對我微笑。我輕輕抬手代替打招呼。

「你今天也要去學校？」

我一點頭，里志便挑起眉梢。

「真難得，你竟然會在假日自動來學校，有什麼事嗎？」

「我沒事就不能來學校嗎？」

「哎呀？我只覺得這不像你會做的事，一定有什麼理由。」

我說不出話了。不用想也知道，一貫尊崇節能主義的我會有什麼行動，就跟所有行動皆出自好奇心的千反田一樣容易看穿。

沒必要隱瞞，不，我根本是打算要跟這群人一起討論，才特地選了地科教室。我說：

「我奉入須學姊之命，要找出殺死海藤的兇手。」

里志聽了整整僵住三秒，大概是故意裝的。他了解情況後露出滿臉喜色，高聲說道：

「哇！真沒想到！我還以為最不可能接受這種要求的就是你咧。」

「我折木奉太郎天生講義氣嘛。」

「這句話夠好笑。」

「我趕時間。」

我丟著里志自己先走，他也牽著腳踏車小跑步追上來。人行道不寬，我稍微靠向路旁。

「好驚人的心境變化啊。其實我也想過有這個可能，讓我來猜猜看原因吧。」

里志打趣地，我依然保持沉默。

「因為千反田同學？」

他講得一副理所當然的樣子。其實從過去幾個月的案例來看，這是很自然的結論。古籍研究社遭遇的麻煩全都是千反田找來的，而我一向在千反田的脅迫之下深受牽連，這已經是向來的慣例了，只有過一次例外。

這件事是第二次例外。我搖頭說：

「不是。」

這次也是千反田把我扯進來的，但我今天來學校並不是出自她的要求。

里志聽到這意外的答案，稍微皺起眉頭。

「不是因為千反田同學？難道是心血來潮的慈善精神……不，不可能吧？用不著我說，這對你而言是沒必要的事，而你從來不做沒必要的事。」

當然，我向來如此，所以聽到里志講得這麼直接，還真有些不爽。我口氣很衝地答道：

「我有必要告訴你嗎？」

里志聳聳肩。

「沒有啊，既然你不想說，我也不會無禮地追問。那我是不是該道歉？」

我笑著否定了。

我們沉默地走了一段路。里志可能覺得沒話講了，跨上腳踏車打算先走，我沒理由阻止他，但還是說：

「里志。」

「嗯？」

我雖然叫住他，卻無話可說。我想了想，決定說出困擾著自己的事。

「……你覺得什麼事是只有你能做的？」

這問題太籠統，里志歪著頭思索，慎重地回答：

「我不明白你為什麼這樣問……我想，縱貫古今未來，涵蓋全世界所有地區，唯有我能做的事就一件。」

即使範圍這麼大？

「是什麼？」

「當然是『留下福部里志的基因』。」

里志說完就笑了。他不是想藉玩笑轉移話題，只是用自己的方式提醒我界定清楚範圍。

「是我不對，我換個說法吧。」

我想了一下。

「在神山高中裡，你覺得自己有哪一點稱得上第一？」

他立刻回答。

「沒有。」

回得太快了吧？這回覆太明確，害我無法答腔。里志輕鬆地接著說：

「我不是說過嗎？我知道自己沒有才能。譬如我嚮往Holmesist，卻當不成Holmesist，因為我缺少了探索深奧知識迷宮的決心。如果摩耶花對Holmesist有興趣，我保證只要三個月她就能超越我，我不過是在各個領域的門口觀望，拿著導覽手冊蓋過紀念章就算了。我只能做到這種程度，絕對當不上第一。」

我沒想到里志會說出這種話，但他彷彿在談論天氣，講得滿不在乎。我愕然無語，里志卻露出邪惡的笑容。

「我知道你挑戰電影之謎的理由了。」

「……」

「因為入須學姊認定你有偵探的才能。她一定是說『能解決這件事的除了奉太郎以外別無他人』，你就上鉤了，對吧？」

真受不了這個心電感應者。我點頭。

「可是你還在懷疑吧？對自己的素養，還有『女帝』說的才能。」

「你倒是從不懷疑自己。」

「隨便啦……我先去準備好錄影帶。」

里志騎上腳踏車，正待踩下踏板，我突然很想說一句話。總覺得光聽他一個人在說很不舒服。

「里志。」

「啊？」

「我不知道你怎麼想，但我對你的評價更高。只要你有心，你一定會成為日本屈指可數的Holmesist。」

里志吃驚地眨眨眼，不過很快又恢復基本的微笑表情。他轉過頭來看著我說：

「還有很多東西比Holmesist更吸引我。此外……」

「嗯？」

「……此外，剛才那句話就能回答你自己的問題了。」

電影播放到高潮處。

六人各自拿走鑰匙，分散到劇場各處。等在後面的是悲慘結局，大家發現了海藤悽慘的屍體。

我用地科教室角落布滿灰塵的電視播放還沒取名的Mystery，畫面上出現海藤的屍體。

坐在稍遠處的伊原佩服地說：

「海藤學長的斷手做得好逼真，就算在昏暗燈光下也能清楚看出是人的手。」

伊原見我在暑假中竟沒事跑來學校，當場嚇了一跳，聽到我是為挑戰本鄉的謎題而來，更是訝異地睜大眼睛。不過她了解情況後，立刻直指真相地問我是不是入須學姊說了什麼來引誘我，真是個不容小覷的傢伙。

里志含笑附加一句：

「如果攝影技術和演技都有這種水準就好了，可惜最有能力的竟是道具小組。」

我看著錄影帶，這是第二次了。雖說勘查現場一百次還算基本，但我也看不了一百次。里志和伊原都很自然地陪我一起看，讓我覺得很感激。

勝田衝到下手翼，發現門口完全被堵死就愣住了。

「怎麼可能……」

畫面轉暗。

錄影帶播完了。

個性勤勞的伊原走過去倒帶，關掉電視的電源。

我本來以為千反田會在電影播完之前到場，她看似粗心，其實擁有過人的觀察力和記憶力，雖然不懂得怎麼分析這些觀察、記憶得來的資料，但我還是想借用她的力量，結果她一直沒來。我問伊原：

「妳知不知道千反田怎麼了？」

伊原露出難以形容的表情，好像忍著笑，又有點像擔心。

「小千一直躺在床上。」

「怎麼了？又得了夏季感冒？」

「不是……」

她頓了一下。

「……是宿醉。」

……

「這真是……罕見的案例。」

里志十分驚愕，我也點頭同意。

「算了，總而言之……」

里志靠著椅背說，彷彿要轉換心情。

「再看一次，我還是不覺得劇情有多複雜，但三個人的提案都觸礁了，真不能小看這部電影。」

我也很有同感。經過三天的討論，我深深體會到本鄉設下的謎題實在難以破解，可是實際看電影畫面只會有一種輕率的印象。

「把困難的東西表現得簡單也很不容易呢。」

我自言自語地說。伊原一聽便輕視地看著我，挺起扁平的胸部說：

「才怪，這齣Mystery看起來之所以簡單，並不是編劇刻意造成的。」

「喔？那是怎樣？」

「正因畫面無趣，吸引不了觀眾的注意，才會突顯不出謎題。如果演技和攝影像樣一點，一定拍得出更精采的密室Mystery。」

是這樣嗎？我不認為技術上的差異會徹底改變作品給人的印象。我很想反駁，里志似乎看出我的心思，笑著說：

「有見識。我第一次看也沒立刻發現這是密室殺人，如果這方面再表現得清楚一點就好了……妳覺得拍攝手法真的那麼差嗎？」

伊原點頭。

「很差。」

「如果是妳會怎麼拍？」

「我？這個嘛……比如說楢窪地區剛出現的鏡頭，那是會吸引觀眾注意的地方，我覺得把人和廢墟一起拍進去更有效果。而且，唔……我一時之間想不太起來，這些人結束分頭行動集合時，杉村學長是不是從工具室探出頭來？那個鏡頭如果從杉村學長的視角來拍，更能表現出大廳在他的監視之下。對了，拍攝這裡的時候，也得讓人理解杉村學長的行動受到瀨之上學姊等人監視，只要用瀨之上學姊的視角拍一個鏡頭就會有很大的差別了。還有……」

聽伊原講得滔滔不絕，她果然很喜歡推理小說和電影。還好里志的笑打斷了她的話，否則她不知還要抱怨多久。

我嘆著氣說：

「光是批評運鏡不好又沒有意義。」

「一點都沒錯，手段，手段，問題全在手段。可以更深入探討看看，又不是所有可能性都推翻了。雖然時間所剩不多，總之我會好好期待的。」

里志的話剛說完，突然來了一名不速之客。

有個我不認識的男生粗魯地打開地科教室的門，把門震得乒乓響，從胸前徽章看來是個高一生。他看也不看我，一發現要找的人即大聲嚷嚷。

「福部，找到你了！」

我看看里志，發現他明顯露出一張苦瓜臉，嘴裡還嘖嘖有聲，但立刻恢復笑容。

「嗨，山內，遠道而來辛苦了。想參加古籍研究社的話我非常歡迎。」

叫做山內的人很明智地不理會里志的調侃，他走過來一把拎住里志的脖子。

「慢、慢著！不得無禮！」

「無禮個頭啦，渾蛋，我都是為了你好。尾道會發飆喔，難道你想留級？」

我聽過尾道這個名字，他是嚴格出了名的老師。原來是這麼回事。我環抱雙臂，對里志笑著說：

「里志啊，既然要暑修就乖乖地去吧。我早跟你說過了，再怎麼不用功還是得準備考試嘛。」

里志被關心朋友的山內拖出座位，卻沒因此亂了方寸。

「很好，奉太郎，你以這步調盡快解開本鄉學姊的謎題吧。」

不明就裡的山內大聲一喝：

「笨蛋，要開始上課了，快一點！」

「不要啦～我還有密室、密室……」

里志留下哀號聲而離去。

唉，我該說什麼才好？簡單一句話，那傢伙真是笨蛋。我如此想著，里志卻又跑回來，從東口袋掏出手冊丟給我。

「真遺憾啊，奉太郎，人生不如意事果真十常八九。事已至此，汝當拜此手冊如拜吾前（註）……別了！」

註：典出《古事記》，天照大御神賜下八咫鏡給邇邇藝命時說的話。

他說完又跑走了。祝福里志，希望他升得上高二。

大風大浪的時刻過去，伊原站了起來。

「我也得走了。」

「是喔？」

「你那是什麼眼神？叫我幫入須學姊是無所謂，幫你的話就免了。我要去圖書館值班，從十一點開始。如果早點知道這件事，我還能提前調班，都是你不好，事到臨頭才說。」

伊原嘮叨抱怨完，提起書包走出地科教室。她在門口回過頭來，不好意思地說：

「不過……抱歉囉，折木。」

我搧搧手表示不在意。

現在教室只剩我一人。我嘆了口氣，挺直腰桿，搔搔腦袋，環抱手臂，閉起眼睛沉思。

我慢慢回想剛才看的電影畫面，還有這三天的對話，試著將一切連結起來。我一定可以的……

……我有結論了。

這個結論連我自己都不太相信，還反覆檢驗幾次，看自己的推論是否正確，但我怎麼找都找不出破綻。沒錯，絕對錯不了。

我喃喃自語：

「這就是本鄉真正的打算。」

看看手表，十二點已過良久，約好的一點快到了。我從斜背包拿出預先準備的飯糰，狼吞虎嚥地吃起來。

吃完薑味海瓜子飯糰，我又喝了比昨天的玉露冷泡茶遜色很多的罐裝綠茶，這時有人輕輕地敲門。

「請進。」

來人當然是「女帝」入須冬實，她今天也穿著制服，不管穿便服或制服，此人都是無懈可擊。我禮貌地起立，請她坐在我前面的位置，等到她就座，我也跟著坐下。

入須沒有寒暄，直接進入正題。

「我想先問你，有結論了嗎？還是沒有？」

我緊張地吞著口水，沒開口回答，只以點頭代替。

入須的眉毛微微一動。

「嗯……」

沒顯露任何情感，她的作風一向如此。

「那請說吧。」

「好。」

我含了一口綠茶濕潤嘴唇。

該從何說起我已經想好了，就單刀直入吧。

「用不著說，這個謎題的關鍵所在即是密室，沒人進得了海藤死掉……不，海藤學長死掉的房間，也無法從裡面離開。」

是我想太多嗎？入須的嘴角好像提高了一點。她自己可能也發現了，所以掩飾般地說：

「好了，你就照自己的習慣說話吧，不需要勉強加上『學長』。」

感謝她的開恩，我在思考時完全不用敬語，如果講話還得替換詞彙就太麻煩了。

我點點頭，毫無顧忌地切入核心。

「……我昨天也提過密室的構造，請容我再重複一次。

上手翼是密室，唯一能從外面打開的窗戶老舊得幾乎不能用，只能當兇手從門口進出。那要怎麼做呢？從畫面判斷不出那扇門是否有條件設下物理詭計，因此我姑且認定兇手用了管理室的萬能鑰匙。里志一定會說這是奧卡姆的剃刀。（註）

但兇手進不了通往上手翼的唯一路線，也就是右側走廊，因為衫村監視著大廳，這六人之中沒有任何人能從管理室拿走萬能鑰匙進入右側走廊。

這麼一來該怎麼辦呢？」

講到這裡我就停了下來，我不否認是因為立刻公布太無聊，說穿了則是強調。

「既然這六人之中不可能有兇手，只能得出一個結論……有第七人在場。」

這就是我的結論。

入須的眼神變得嚴峻，她八成覺得我在說蠢話。

「第七人？就像澤木口說的那樣？」

「從某個角度而言，的確如此。我也覺得推論出這種結果很荒唐，但澤木口說過本鄉到處尋找第七個願意演出的人，考慮到這點，我可以確定一定有第七個角色。」

入須默默地催促我快點講下去，大概認為要反駁也得先等我說完，這樣我比較好說話。

「本鄉的劇本秉持了公平原則，絕不會安排突然出現的怪物來當兇手。我剛剛重看一次錄影帶才發現有幾個畫面很怪，幸好里志都寫在手冊裡了，我讀給妳聽。

『鴻巢看著平面圖。有光線，大概是手電筒。』

還有一個地方，就是大家去找海藤的時候。

『走廊很暗，光線不足，使用手電筒。』

如何？」

入須立刻問：

「你是指手電筒？」

「對。」

我舔一下嘴唇，接下來才是重點。

註：邏輯學家奧卡姆威廉的理論，大意是取捨多種方案時應選比較簡單的一種。

「但是所有角色都沒帶手電筒。出現手電筒的那一幕之後，演員進入案發現場的畫面可以證明這一點。時間上雖然來得及收起手電筒，可是沒理由這樣做吧？」

入須的臉上浮現疑惑，我能體會她的不滿，所以暫時擱著這件事，先說下去。

「我明白，妳想說那是攝影燈光吧？總之請先記著手電筒的事。」

不知她是否能接受，從表情也判斷不出來。算了，我繼續說吧。

「再來，有個愛看電影的人說了一句話，請別介意，那人說這齣電影很無聊，導演和運鏡都很差，我覺得這點正是提示。我不常看電影，但也覺得畫面很無趣，尤其是運鏡完全不講究，其實我還是聽人說了才發現的。可是這會不會有什麼理由呢？

運鏡不講究是什麼原因？可能有很多理由，簡單說即是攝影師的位置不好，總是跟那六人站在同一個地方拍攝……妳應該懂了吧？」

入須的表情依舊，但我注意到她的眼睛睜大了一點。不愧是「女帝」，一下子就理解了。不過，縱使她再聰明，也一定想不到我推測的第七人是……

「……你想說第七人就是攝影師？」

我點頭，覺得興致都來了。

「他們總共有七個人，這七人決定去楢窪，而且七人一同前往。包括畫面上的六人，以及提著攝影機拍攝的一人。妳再看一次影片，隨時可以發現演員的視線看著鏡頭，他們常常注意到攝影師。講攝影師有語病，還是叫『第七人』吧。

開手電筒的是第七人，那個燈光實在太刻意了，所以認為畫面在暗示有個拿手電筒的人物也很自然。運鏡會那麼粗劣，正是因為此人的立場沒辦法把所有人拍進一個畫面，這立場就是演員。這麼一來全都說得通了。」

我發現自己的每一句話都吸引了入須的興趣。

「最重要的一點是，眾人前往劇場各處時，攝影機仍留在無人的大廳，然後畫面消失，也就是攝影機暫時停止拍攝，後來又率先回到大廳等其他人。所以犯罪過程很簡單：等大家分散到劇場各處之後，第七人關掉攝影機，迅速到管理室拿萬能鑰匙，殺死了海藤，再用鑰匙鎖上房間，然後在大廳等大家回來。以上是我的結論。如果本鄉還沒找到第七個演員，我勸你們盡早準備。」

一口氣說完後，我拿起罐裝綠茶。

這就是我的推理。

入須沉默不語，彷彿在思考我的提案，過了一下才問：

「我有兩個問題。第一，如果真是這樣，劇中沒人對第七人說過話，第七人也不曾開口，這樣不是很不自然嗎？」

我早已想好答案。

「這點可能就是本鄉設定的動機，因為第七人被其他六人漠視，所以從不主動開口。」

「另一個問題。如果真是如此，劇中角色應該可以立刻得出結論，不可能所有人都不懷疑在大廳留得最久而且最早回來的第七人。你說過的『第二密室』也還沒破解，第七人的行動一定會暴露在其他人眼中，這麼一來哪裡還有謎題？」

我別有深意地笑了。

「借用澤木口說過的話，沒有謎題又怎樣？」

「……」

「拍錄影帶電影的主要目的是為了讓成員得到自我滿足，再來是娛樂觀眾，劇中角色沒必要傷腦筋。中城不也說了嗎？只要觀眾覺得有謎題就好了，劇中人物全都知情也無所謂，難道不是嗎？妳仔細想想，劇本沒有指定偵探角色，或許正是因為劇中這些人不需要偵探也能看出兇手是誰。」

沉默延續了整整一分鐘。入須默默無語，也沒看著眼前的我，只顧盯著地板，想必是對這大膽的意見感到迷惘。

但我一點都不急，這個提案絕對沒問題，不管入須想再久，我也猜得出結果。

入須總算開口了。

「恭喜。」

「啊？」

她抬起頭來，臉上掛著燦爛的笑容，原先面無表情的形象已蕩然無存。

「恭喜你，折木奉太郎，你解開本鄉的謎題了。這假設大膽得驚人，但完全符合事實，我想一定不會錯的。謝謝你，這樣一來電影就拍得完了。」

她伸出右手。

我有點害羞。

握手。

入須的右手和我緊緊相握，左手拍拍我的肩膀。

「我果然沒看錯，你的確很有才能，那是別人身上找不到、任何人都無法取代的能力。」

是嗎……？

入須開心地說：

「你幫這齣電影想個標題吧，就當作是紀念你的貢獻。」

標題……我沒想過這件事。

不過，取個名字來紀念我相信自己有才能的罕見行為也不錯。我想了一下，隨口說道：

「好啊。從內容來看嘛……叫『萬人的死角』怎麼樣？」

「唔……」

入須點頭幾下。

「很好的片名，就這麼決定了。」

原本連標題都沒有的電影有了結局，耗掉我四天暑假的麻煩也解決了。我雖沒得到任何實質上的好處，卻一點都不在意。

我勝任了「偵探角色」，這就令我很滿足了。

七

不去慶功宴

想到要敘述我接下來三天的心境就覺得好懶。

先不論那三人適不適合做這種事，總之都不笨，他們達不到的目的卻讓我這個外人解決了。我站在顧問的優勢立場從這三人手中獲得情報是不爭的事實，但解決了這件事後，我真的更相信入須說的話，對自己的能力更有自覺了。說得感性點，我深深沉浸於滿足感，正如威士忌酒糖巧克力帶來的醉意。

形容得含蓄一點則是心境煥然一新。

本鄉的謎題在週五中午得到解答，到了週六晚上已寫成劇本（我當時還不知道，這項緊急任務把一個接替劇作家之職的高一生搞得半死不活），週日傍晚，二年F班的電影殺青，真可說是峰迴路轉，絕處逢生。週日晚上入須禮數周到地打電話來報告，我也誠心地獻上祝賀。

事件解決三天後，也就是週一，神山高中的暑假結束了。

古籍研究社上週末沒有集會，所以我直到今天還沒機會向千反田他們報告事情經過。放學後我因某事延遲，但仍走向社辦。我不打算宣揚自己的功績，只是覺得該向他們說明事態發展，我一邊想，一邊爬上專科大樓的樓梯，也不否認自己的腳步顯得雀躍。

來到地科教室時，我發覺氣氛異常。教室裡一片昏暗，窗簾都拉上了。我暗自揣測，輕輕開了門，看見教室裡的電視果然被搬了出來，正在放映錄影帶電影《萬人的死角》。千反田、伊原、里志三人背對著我專心看電視。

我進來時已經在播片尾字幕了，黑色背景流過歌德字體寫的工作人員名單，看起來很單調。電影昨天才剛拍完，一定沒多少時間剪接編輯，片尾字幕八成也是提早做好的。

此時伊原站起來停止放映，看見了我。

「啊，折木。」

千反田和里志也回頭看我。里志指著電視說：

「嗨，奉太郎，我們看完嘍。」

「二年F班的？」

「是啊。剛才江波學姊來過，放下錄影帶就走了。喔喔，結果這次又是你解決的。」

里志滿臉笑容，但他平時即是如此，我看不出他對電影的評價怎樣。既然如此，乾脆直接問吧。

「如何？」

「嗯，不錯啊。不，應該說是很有趣。沒想到兇手是攝影師。」

伊原按下倒帶鍵，語帶責備地說：

「那時你已經想到了嗎？竟然一點都不先透露。」

「你們在場的時候我還沒想出結果啦。我又不喜歡賣關子。」

我說著便把斜背包放在桌上，自己也坐上去。

其實我有點錯愕，這些人的反應沒我想像得大。我很滿意自己想出這麼離奇的結論，所以很期待他們大吃一驚。我真是愚蠢，里志和伊原這兩人啊，說他們是老油條已經很客氣了。

那毫不油條的千反田呢？

四目交會。千反田歪著頭。

「折木同學。」

「喔喔。」

「真令人驚訝呢。」

很直接的意見。

千反田把頭擺正，視線從我的臉上移到半空，語氣非常慎重。

「還有啊，我……」

她似乎突然驚覺到什麼，含糊地笑著說：

「這個……晚點再說吧。」

奇怪的態度。該怎麼解釋呢？真不知該視為善意或批判。

里志「啪」地拍手。

「奉太郎，幹得好啊。『女帝』滿意了，電影也拍完了，這麼離奇的劇情一定能吸引觀眾，名偵探折木奉太郎的名號在神高蔚為流傳也是指日可待了。我們來舉杯慶祝吧。」

里志從東口袋拿出四瓶養樂多，沒想到他連這麼搞笑的東西都帶了。伊原看見里志一派熱烈慶祝的態度，語氣凝重地制止說：

「小福，沒時間再搞別班的事了。從試映會以來，我們的《冰菓》完全沒動過，今天一定要確定頁數。你的稿子一定有進展吧？我已經提醒過你了唷。」

里志的微笑僵住了，接著在伊原面前放了兩瓶養樂多。他以為伊原是這麼好打發的人嗎？伊原果然沒理他，自顧自地起身拉開窗簾。二年F班錄影帶電影的事就此打住，我們又回頭製作古籍研究社的社刊。

夕陽西下，製作社刊《冰菓》的第N次會議也開完了。我收拾著散亂的備忘紙條時，里志和千反田相繼走出地科教室，難得只剩我和伊原還在整理。

伊原把擅自使用的電視小心放回原位時，好像突然想起某事，她說：

「啊，對了，我有事問你。」

「妳要問社刊原稿嗎？下週的開頭就可以交了。」

伊原搖頭。

「我要說的是錄影帶電影的事，叫做……呃，萬人什麼的。」

我不太好意思說出自己想的片名，所以沒告訴她答案，只催著說：

「電影怎麼了？」

「那是你想出來的結局嗎？」

我點頭。

伊原不知在想什麼，又鄭重地問一次。

「全都是？」

說是這樣說，但我還沒看過電影完整版，只能含糊地回答。

「大概吧。」

伊原聽我一說，眼神閃現了銳利的光芒，然後以更強調的語氣說：

「那麼，羽場學長的意見該怎麼說呢？你想到的詭計很精采，但是跟他的敘述有些出入。」

有哪裡讓人不能接受嗎？我反問道：

「羽場的敘述？」

「你該不會是故意忽略吧？」

伊原雙手扠腰，喃喃說著。

「那部電影從頭到尾都沒有用到登山繩。」

登山繩……這是本鄉吩咐羽場準備的道具，她還下達了非常詳細的指示。對耶，我都忘記這件事了。

我一時之間不知該做何反應，伊原又說：

「攝影師是第七人的構想很有趣，所有角色同時望向鏡頭的那一幕也很有魄力，不過為什麼一直沒出現登山繩？」

的確……

不，不是這樣。我提出反駁，還發現自己的語調提高了。

「準備登山繩也不見得要用在詭計，說不定她想在結尾吊死攝影師。」

話剛說完，伊原就給我一個白眼。

「你胡扯什麼啊，折木？如果是這樣，幹嘛確認繩子的強度？用那麼堅固的登山繩來拍這種畫面，如果有個萬一不是很危險嗎？本鄉學姊顯然想用牢靠的繩索吊起某種跟人一樣重的東西……會不會是我搞錯了？」

其實最後那句話包含了伊原特有的體貼，但我連這一點都沒發現。她說自己可能搞錯，我可不這麼認為，雖然只是雞毛蒜皮的小事……

我怎麼會忘了這一點？

「算了，我還是覺得那齣電影很有趣。不過你的思慮周詳得足以駁回二年F班三個人的意見，應該能完美統合所有線索才對，我是這樣想的啦。」

伊原說完，將防塵罩套回電視上，收拾好自己的書包，沒再看我一眼。她說要負責還鑰匙，所以我先走出教室。

我一邊思考伊原說的話，一邊走下專科大樓的樓梯。我起先以為自己的提案符合了所有事實，或許會跟拍攝細節或台詞有些差異，但大綱一定符合本鄉的構想。結果我竟然忘了那件事，或許並非忘記，而是因為不合自己的提案，所以下意識地忽視？怎麼可能嘛，我才不會為了得到正確解答而擅改題目……我很想這麼說。

我看著自己的腳尖走到三樓，很自然地要繼續走下二樓時，有人叫了我。

「奉太郎，等一下。」

我轉過頭去，看不到人。剛才明明有里志的聲音……不，不可能是錯覺，我聽得很清楚。稍待片刻，我又聽見了那個聲音。

「這邊啦，奉太郎。」

男廁裡伸出一隻手朝我揮舞。搞什麼鬼啊？如果現在是晚上鐵定嚇死人。我苦笑著走去，廁所裡的果然是里志。

「幹嘛啊，里志？我沒興致陪你小便。」

里志的笑容仍未消失，眼神卻變得非常認真，他正經八百地說：

「我也沒有這種興致，是因為這裡比較方便啦。」

「方便什麼？有夠臭的。」

「我倒覺得掃得很乾淨……總之不會有女生就是了。」

哈哈，原來是為了這個。那是當然。

「你故意避開女生究竟想說什麼？難道要給我看小本的？」

我開玩笑地說，里志卻沒跟著笑。

「『小本的』這用詞太古老了吧？你有興趣的話，我還可以幫你找到會惹來警察關切的東西，不過現在先聽我說。」

唔……

「不能讓伊原和千反田聽嗎？」

「算是吧，在大家面前會有點尷尬。」

里志的聲調降低了一點。

「奉太郎，關於剛才的電影，你真的認為那是本鄉學姊的構想？」

這傢伙也要講這件事？而且不像是出自好意。我意識到自己的表情變得很難看。

「是啊，怎樣？」

里志一聽即移開目光。

「這樣啊……原來你真的這麼想……」

別故意擺出這種讓人不安的態度。里志好像難以啟齒，只顧著看旁邊，遲遲不說下去，我只好催他：

「我這樣想有什麼不對？」

「嗯，這個啊……」

里志不置可否地點頭，接著像是豁出去了，他說：

「不對啦，奉太郎，那不是本鄉學姊的構想。我雖不知道她的構想是怎樣，但我可以確定不是你想的那樣。」

……你還真肯定。我沒受到打擊或心生不悅，反而呆住了。里志沒在開玩笑時都是很認真的，而他現在顯然很認真。我勉強打起精神問道：

「你這話有什麼根據？」

「當然有，我怎麼可能信口胡謅。」

「如果有那麼嚴重的矛盾，難道我會沒發現嗎？」

里志乾脆地搖頭。

「不是矛盾，至少我沒發現矛盾，這不是客套，我還覺得很精采呢。可是，這真的不是本鄉學姊的本意。」

「理由呢？」

里志咳了一聲。

「奉太郎，你想想，本鄉學姊對偵探小說的認識有多深？她這個完全的門外漢用什麼書來『研究』？」

這有什麼關係？我詫異地答道：

「夏洛克・福爾摩斯。」

「對，你聽好了，本鄉學姊看過的偵探小說只有夏洛克・福爾摩斯，就算她知道十戒，也僅是看過重點條列，而非實際讀過諾克斯的小說。再者，你向入須學姊提出的是敘述性詭計，你知道嗎？敘述性詭計。」

我也不是不懂啦。

「就是用敘述筆法騙過讀者的意思嗎？那齣電影藉由運鏡藏起第七人，的確算得上敘述性詭計。」

「是啊。奉太郎，接下來你得更仔細聽好。」

里志停頓一下，如同醞釀著這句話的強度，接著簡短地說：

「敘述性詭計不存在於柯南・道爾的時代。」

「……」

「明白嗎？敘述性詭計是在阿嘉莎．克莉絲蒂之後才興起的，只有極少數的例子除外。我不認識本鄉學姊，但我絕不相信她能跟阿嘉莎．克莉絲蒂相提並論！」

我短時間內還無法理解里志想說什麼，但是他說的話慢慢浸透我的內心，我也漸漸開始動搖。

本鄉對推理小說的理解還停留在十九世紀末的霧都倫敦，也就是夏洛克．福爾摩斯的時代，這應該錯不了，但里志指出敘述性詭計在這個時代還沒誕生。

我傻傻站著不動好一會兒，反芻著剛才聽到的話。我不能不接受里志的見解，這一擊從想像不到的角度揮來，讓我幾乎停止思考。

里志同情地看著我說：

「從個人的眼光來看，我會給這部電影一百分，我也很喜歡攝影師被拉到燈光下的那一幕。不過，如果你說那是本鄉學姊的本意，我就不得不提出異議了。」

「等一下。」

我該說什麼？

「我們又不清楚本鄉學姊看過多少書，除了福爾摩斯之類的推理小說以外，她也不是毫無機會接觸敘述性詭計吧？」

真是無謂的掙扎。里志對我聳聳肩，簡短地回了一句：

「……如果你打從心底這麼認為，我也不再多說了。」

伊原和里志的聯手攻擊令我受到極大的創傷。我不認為自己承受不了打擊，然而才剛萌芽的自信是很容易受創的。我對他們兩人的意見提不出有力的反駁，會開始懷疑自己的提案也很合理，但我當然希望自己沒有出錯。

因此，我下樓走到鞋櫃前看見千反田佇立的身影時，不由得暗自一驚。她擺明是在等我，但一看見我就垂下目光。

「折木同學，請問……能打擾你一下嗎？」

千反田，妳也有話想說？

瞧她那副抱歉的神情，再加上已有前例，我猜她的意圖大概八九不離十。我放棄地嘆息。

「是不方便在里志和伊原面前說的事？」

千反田很驚訝我會猜到，一雙大眼睛睜得更大了，接著她輕輕點頭。

我們一起走出校門。原本打算找間能安靜談話的咖啡店，但我常去的店離神山高中太遠，附近的店裡又塞滿了高中生，既然如此，乾脆邊走邊說吧，反正太陽還沒下山。我主動揭開話題。

「妳想說的是錄影帶電影的事？」

「是。」

「妳不喜歡？」

「不是這樣的……」

回答的聲音很細微。

聽候判決的心情或許就像這樣。我心急地說：

「不用顧慮了，里志和伊原也都說那不是本鄉的構想，我也……也開始懷疑自己搞錯了。」

垂著眼簾的千反田抬起頭來。我沒望向她，繼續說道：

「妳怎麼想？」

「……我也覺得不是。」

「妳說得出理由嗎？」

千反田默默地點頭。

我不知道就算聽她說了又能怎樣。攝影已經結束，現在說再多也無濟於事，從理性的角度來看，這是毫無意義、違反節能主義的行為……不過我依然保有最後的堅持。

「可以告訴我嗎？」

前方號誌變成紅色，截斷了川流的人潮，斑馬線前很快聚滿了神高學生。千反田沉默不語，大概不想在人群中說出來。我看著她的側臉，覺得她一向柔情似水的眼神變得有些憂鬱。千反田別把眼睛睜大的話，看起來真的很清純。

號誌變換，人潮走動，這時她才慢慢地開口。

「折木同學，你知道我對這件事最好奇的的是什麼地方嗎？」

幹嘛提這個？我在疑問之下回答：

「是二年F班錄影帶電影的結局吧？所以妳才會攬下這件事。」

千反田出乎我意料地搖頭。

披在她肩上的長髮飄逸地擺盪。

「不是的，我並不在意電影的結局，我也覺得你的提案非常好。」

「那……」

「我好奇的是本鄉學姊。」

千反田說完朝我瞄了一眼，我想自己一定滿臉錯愕。在意本鄉跟在意電影結局不一樣嗎？

千反田或許察覺到我的想法，她強調地說：

「有一件事我怎麼想都想不透，本鄉學姊真的因為精神壓力太大而病倒嗎？如果是真的，為什麼不問別人呢？譬如江波學姊。」

我歪著頭，不明白她在說什麼。

「妳漏了主詞和副詞子句喔。」

「啊……對不起。我是指，江波學姊跟本鄉學姊那麼要好，為什麼入須學姊不去問她本鄉學姊準備了什麼詭計呢？」

……

這是整件事的大前提嘛。本鄉必須靜養，得讓她遠離耗費腦力的編劇工作。

但我還沒回答，千反田又繼續說：

「本鄉學姊一定有完整的構想，就算她半途病倒，應該不至於不能問她結局的關鍵……也就是詭計，但本鄉學姊從沒提過詭計。

我最初以為本鄉學姊強撐著病體，一個人拚命寫劇本，可是從大家的話中聽來，我感覺不出她有寧可叫同學等著也要寫完的執著，反而覺得她太軟弱，因此拒絕不了劇作家的任務。

照這樣看，她會不會是失去自信？她寫的劇本不好，所以心虛到不敢面對大家？因此不管誰去都問不出真相？

……這種推論也不對。我不太了解Mystery，但這企畫的成員比我更不了解，而且他們都是很好的人……無論本鄉學姊拿出什麼提案，他們一定不會批評。」

要說他們是不是「很好的人」嘛，我和千反田的意見有些分歧。

千反田的話很不流暢，像是在講給自己聽。

「究竟是什麼造成本鄉學姊的壓力？這次的事情絕對不像表面呈現出來的樣子，我一直有種奇怪的感覺，所以很好奇。」

她放慢腳步，視線果斷地朝我投來。

「折木同學的提案如果符合真相，本鄉學姊應該可以告訴入須姊或她派來的人，如果其他人的提案正確也一樣。

我很想知道，本鄉學姊不得不放下還沒寫完的劇本，究竟出自怎樣的心境？不管是遺憾或憤怒，我都想知道，但剛剛的電影回答不了我的疑問。如果我的態度看似不喜歡，一定是因為這樣。」

我沉吟著。我和中城、羽場、澤木口竭力從畫面找出真相的時候，千反田一直在思考本鄉的事嗎？

確實如此。江波說本鄉是她的好友，她若想知道本鄉構想的詭計一定問得出來。本鄉的精神創傷如果嚴重到連這種事都不能問，跟本鄉是好朋友的江波表現的態度未免太悠哉了，千反田問江波「本鄉是怎樣的人」，江波還很不高興地回答「問這個又有什麼用」。如果朋友罹患重病，她有可能這麼從容嗎？

我根本是把電影劇本當推理小說來看，只想到舞台背景、登場人物、凶殺案、詭計、偵探、「兇手就在這些人之中」……

根本沒發現劇本能反映出和我素未謀面的本鄉之心境。

……好個高明的「偵探角色」！

我如此想著，同時深深嘆氣。千反田似乎誤會了，她慌張地開口：

「啊，我不是在責備你啦，解決案件的那一幕真的讓我很驚訝，雖然本鄉學姊的構想不是這樣，但我真的覺得電影拍得很好。」

我只能苦笑。

因為我接下的任務並不是編劇。

這天晚上，我在房裡沉思。躺在床上，盯著白色天花板。

我多半搞錯了，這個打擊漸漸淡化。

如同中城、羽場、澤木口，我也陷入了慘敗。我不禁感到好笑，什麼特別嘛，聽入須隨便說個幾句就開始驕傲，真愚蠢，結果我跟那三人還不是一樣？

我意識到自己有了這種想法……我真的失敗了？

事情非常明顯，我的提案不符合本鄉的構想，但入須和二年F班的人會怎麼想？他們的企畫、電影拍攝度過危機，順利完成，從這點來看我算是成功了。錄影帶電影「萬人的死角」是一部好作品，連挑剔的伊原都這麼認為。

更甚者，若對自己的提案下評論，我也覺得這是無庸置疑的成功。也就是說，我確實擁有才能，達成了只有我能做到的事。

既然如此，那句話又是什麼意思？入須在一二三茶店對我說「任何人都該有所自覺」，像是在說什麼真理一樣，她用來勸服我的那句話又是什麼意思？

此時，我好像完全不認識自己以外的一切，這種感覺頓時迥異，我突然感覺此處唯獨少了自己，我看見採用中城提案的結果、採用羽場提案的結果、採用澤木口提案的結果，既虛幻又彼此相對，感覺很愉快。

這個幻象遽然消失。

我意識到某件事，但又瞬間忘光，腦海裡接著浮現了千反田不滿意的反應。我自然想到……那就再詳細思考一番吧，這不是無意義的行為。

不過，我究竟是哪裡搞錯了？入須知道我搞錯了嗎？

還有千反田很好奇的那件事。本鄉不肯說實話或不能說實話，是為了什麼？話說回來，入須為什麼不問江波？

我的面前放著資料，那是塞進書包忘記拿出來的。

但我想不出來，無論我的靈光乍現來自運氣或才能，它就是遲遲不來。我在紊亂的床單上輾轉反側，拱起身體，房間看起來有如整個顛倒過來。

書櫃上有個奇妙的東西。

我爬下床，蹲在書櫃前。這是我的房間，但以前是姊姊用的，現在還留有一些她的東西。書櫃一角擺著姊姊的書，那都是些怪書，所以我從不注意。

我拿起的書叫做《神祕的塔羅牌》。我從來不知道姊姊是卡巴拉學者。（註）

外面是月夜，我在燈光下隨興翻開書本，看的當然是「女帝」這一項。光是「女帝」就多達十頁，開頭第一行這樣寫著：

Ⅲ　女帝（The Empress）

代表母愛、豐富的心靈、感性。

搞什麼，跟入須完全扯不上邊嘛。再多看一些，我覺得如果要用塔羅牌的牌意形容入須，最貼切的是「隱者」。回想起來，入須這個「女帝」外號也不見得跟塔羅牌有關，把這兩件事扯在一起的是里志。

對了，他還幫古籍研究社每個社員取了代號。我記得伊原是……

Ⅷ　正義（Justice）

代表平等、正義、公平。

唔……滿相稱的，雖說里志是基於「常言道正義是嚴苛的」這種開玩笑的理由才幫伊原選了「正義」。

用這種方式來轉換心情也不錯。里志是「魔術師」，千反田是「愚者」……

Ⅰ　魔術師（The Magician）

代表事情的開端、獨創性、興趣。

無號碼　愚者（The Fool）

代表冒險、好奇心、衝動的行為。

註：卡巴拉為猶太教的一派學說，據傳是塔羅牌的由來。

哈哈，原來用的是牌意。我忍不住笑了。若更深入探討塔羅牌的涵義，「愚者」又代表「放蕩的愛」，「魔術師」又代表「社交」，也並非完全符合。

那我自己是什麼？呃……好像是「力量」。

XI　力量（Strength）

代表堅強的精神、鬥志、情誼。

這是什麼玩意兒？

完全不準嘛。或許我真的不了解自己，但這些敘述顯然不適用於我。里志也很清楚我的格言是「沒必要的事不做，必要的事盡快做」，幹嘛還選這張牌？

對了，他那時的態度很像說笑。如果這是里志的玩笑，牌義完全講不通也不奇怪。

……我還真閒，或許這只是在轉移注意，藉此不去想自己愚蠢的失敗。我繼續看著《神祕的塔羅牌》，突然領悟了里志的玩笑。有一段說明文字是這樣寫的：

「力量」的圖像為溫柔女性馴服（控制）了凶猛的獅子。

所以里志是指我被女生掌控囉？以前是姊姊，最近是千反田，這次則是入須……他是這個意思吧？

里、里志這混帳！竟敢這樣說我！我才沒被她們控制，絕不可能！

我回顧自己的所作所為。

好像真的是「力量」。

算了，總之我對塔羅牌愈來愈有興趣了。里志選擇「力量」的用意和「正義」、「魔術師」、「愚者」截然不同。他無視塔羅牌的牌意，只因圖像而選了「力量」當作我的象徵，真是符合他作風的玩笑，完全偏離了基準點。

心情好轉不少了。既然得到該有的滿足，還是忘了本鄉的事吧，這樣才符合節能主義。我邊想邊坐回床上。

……

嗯？

我又站了起來。

純粹出自巧合。

隔天，我見到了想見的人，而且剛好是在方便談話的時間，亦即放學後。

用不著說，此人就是入須冬實。她見到我便笑著說：

「折木，上次多虧了你。看過錄影帶了嗎？」

我難掩僵硬的表情，回答：

「不，還沒。」

「是嗎？我覺得拍得很好，都是靠你的協助才能完成，所以請你務必看看。啊，對了，這週六要開慶功宴，慶祝電影殺青，我想你也有權利參加。」

我搖頭，表示不去慶功宴。

入須想必看出了我的態度很不自然，她稍微挑動眉毛，但語調絲毫不變。

「不去嗎？算了，這是你的自由。我走了。」

入須正要離去，我開口叫住她。

「入須學姊。」

接著我對轉過頭來的她說：

「我有話跟妳說。」

地點和上次一樣在一二三茶店。

今天不是入須請客，所以我慎重地看菜單，點了雲南茶。我本來以為這間店只賣日本茶，其實連中國茶、紅茶，甚至咖啡都有。入須今天也點了抹茶。

等待茶送來時，入須先開口：

「你要說什麼？」

我有點猶豫，不知該從何說起，但我自然而然地這樣開始：

「學姊，妳在這間店裡說過，我擁有才能，我是特別的。」

「是啊。」

「……我有什麼才能？」

入須只有嘴角露出笑意。

「你要我說嗎？是推理的才能。」

她還是這樣講。

我既不生氣也不憤慨，反而異常冷靜地否定了她的話。

「不對吧？」

「……」

「推理小說我看得不多，但我知道有句台詞很出名：『你不該當偵探，而是該當推理作家。』這是兇手聽到偵探提出異想天開的推理時說的台詞。」

入須默默無言地喝著抹茶，彷彿剝去了表面的客套，恢復成原本的模樣。我繼續說：

「我不是偵探，而是推理作家吧？」

「咚」的一聲，我放下茶杯。

入須彷彿覺得這種事微不足道，冷淡地回答：

「你從哪得到了提示？」

果然是這樣。我祈禱著事實並非如此，入須冬實卻輕易地敲碎了這個願望。

但我平靜得自己都覺得驚訝。

「夏洛克・福爾摩斯。」

「喔？」

「本鄉用夏洛克·福爾摩斯來研究推理小說，千反田把這些書借回社辦，又因為威士忌酒糖的威力忘記帶走。我拿來看過了。」

入須笑了，那是跟先前截然不同的淺笑。

「你是說從裡面看到了提示？」

「……我全看過了。」

我從胸前口袋拿出一張從筆記本撕下的紙，上面列出夏洛克·福爾摩斯六本短篇集的「辦案記」和「檔案簿」目錄上有雙圈或打叉記號的故事標題。

雙圈
　歪嘴的人
　蒼白的士兵探案
　三名同姓之人探案
打叉
　身分之謎
　五枚橘籽
　花斑帶探案
　單身貴族探案
　三面人形牆探案
　蒙面房客探案

我稍停一下，讓入須有時間看完。

「我原本以為本鄉做記號是要區分哪些點子能用，哪些不能用，可是我搞錯了。我告訴里志，他在電話裡訝異地說〈紅髮會〉和〈三名同姓之人探案〉用的是相同的詭計，怎麼會把後來寫成的〈三名同姓之人探案〉畫上雙圈，卻在〈紅髮會〉打三角形呢？」

入須以眼神示意我快點說下去。

「我問過里志各篇的內容……入須學姊，我會提到夏洛克・福爾摩斯小說的情節，妳不介意吧？」

「沒關係。」

「這樣啊……反正妳不想聽的話就別聽，要摀住耳朵或轉開頭都可以，隨便找個方法吧。」

我為慎重起見先提醒她。

其實我也不打算洩漏最關鍵的情節。

「先從雙圈開始。

〈歪嘴的人〉說的是福爾摩斯調查一個毫無音訊，無望存活的男人，確認他還活著，委託人是男人的妻子。

〈蒼白的士兵探案〉是說有個男人發現好友似乎遭到監禁，就請福爾摩斯調查原因，最後發現朋友沒必要被關，總算放下心中大石。

〈三名同姓之人探案〉是〈紅髮會〉的改編版，讓人印象最深刻的是向來冷靜的福爾摩斯因為華生中槍而難得顯出慌張。順帶一提，華生只是受到輕傷。」

我喝起雲南茶，但無心品嘗。

「接著換打叉的，這類比較多，所以我只挑三個。

〈五枚橘籽〉是說有個青年看到身邊的人陸續死於非命，為保護自身安全去找福爾摩斯，但福爾摩斯沒能防止他死去。

〈花斑帶探案〉也是有個女性因姊姊死狀異常而去找福爾摩斯，兇手身分沒有隱藏，我就直說了，正是她們的父親，至於目的……簡單說是為了她們的遺產。

〈三面人形牆探案〉講的是死了兒子的母親，有人去問她肯不肯賣房子和家產，案件背後藏著一個被女人狠狠甩掉的男人心中的怨念。」

我講到這裡停了一下，等候入須的反應。

入須撥了一下瀏海。

「喔？你是從這些看出來的？」

「聽過這些情節，我更了解本鄉的喜好了。本鄉注重的並非推理情節精不精采，里志也說不敢相信她會把〈花斑帶探案〉打叉，而在〈蒼白的士兵探案〉打上雙圈。」

我吞著口水。

「我的解讀是這樣的：本鄉喜歡圓滿結局，不喜歡悲劇，而且非常討厭有死人的故事。」

入須沒有回答。

我想這大概是肯定的意思。

「發現這一點，很多地方都說得通了，首先是血漿太少那件事，另一件則是問卷結果。」

「問卷結果？」

我從斜背包拿出跟澤木口借來的筆記，翻到我正在談的部分，指著內容。

No. 32 死者人數？
・一人……6
・二人……10
・三人……3
・更多
四人……1
死光……2
上百人……1
・無效票……1
建議死兩人。（但採取與否由本鄉決定）

入須迅速瞥了筆記一眼，瞬間沉下臉來。

「……你連這種東西都弄到了？」

「澤木口很大方地借給我的。

關於這個問券……只須寫數字的問卷為什麼有『無效票』呢？別項投票如果是空白都會寫『空白票』，就算寫了超過出場角色的數量，也會列出『上百人』這一條。那麼無效票又是什麼？」

入須把身體往後靠，似乎開始感到有趣了。

「這代表著一點點血漿就能應付的死者人數，而這一票被駁回了。」

我筆直盯著入須，她對我的目光仍處之泰然。

我低聲地說。

說出結論。

「本鄉的劇本沒死半個人。」

我覺得入須好像揚起了一邊嘴角。

「真有你的。」

她態度冷靜，悠然啜飲著抹茶，不帶半點驚慌。為什麼她可以這麼沉著？難道她看穿了我的內心？

入須靜靜地放下茶杯。

「既然你猜到這麼多，我也沒話好說了。正如你所說，本鄉的劇本沒有死人，她還說若非如此就不肯寫Mystery劇本。她就是這種人。」

我說：

「不過其他同學無法認同，他們一再違背劇本即興演出。中城也說本鄉沒有參與實際拍攝，最重要的是，劇本裡並沒有寫到海藤死亡，只提到他受了重傷，叫他也沒回應，結果畫面卻變成那樣。

那隻切斷的假手做得很棒，連伊原都忍不住稱讚，的確很逼真。

海藤怎麼看都死定了，傷害案件在本鄉渾然不覺的情況下變成了凶殺案。」

入須點頭。

但我沒有就此滿意，語氣變得更激烈：

「接下來是我的想像，沒有任何證據。不過，學姊，我不得不說。

本鄉不敢指責同學拍的畫面嚴重偏離了劇本，也不敢要求大家放棄拍好的影像和道具小組使出渾身解數製作的道具，因為她太軟弱，個性太認真，我猜她自己也很後悔當初執意不讓Mystery出現死人。

這時入須學姊上場了。」

入須面無表情……不，她甚至帶著一絲笑容。

我稍微大聲一些，但還沒到激昂的地步。

「再這樣下去本鄉會落到千夫所指的地步，大家一定會強烈批評她拋下劇本不顧，所以妳安排讓本鄉『生病』，劇本也變成『未完成』，這樣造成的傷害較小，接著妳聚集班上同學，召開推理大會。」

其實……

「其實是藉推理大會之名，行劇本徵選之實。如果直接找人寫劇本，任何人都會逃避，因此妳保護了本鄉的立場，再叫其他人來推理，發現班上同學拿不出好成績，又把我們拖下水。包括我在內，每個人都沒發現自己是在創作，因為評量標準是隨妳決定的。妳用我的創作替換了本鄉的創作，令她不至於受到傷害。難道不是嗎？」

「所以這是真的囉？」

「我沒有說過一個不字。」

我稍微傾出上身。

「妳說我擁有才能，也是為了本鄉嗎？為了讓我想出取代方案？」

「……」

「妳在這間店裡用運動社團的故事說服了我，還說有能力卻無自覺的人會讓無能的人覺得無比辛辣。我現在總算能問了，入須學姊，那是在開玩笑吧？有沒有自覺根本不重要，讓人覺得辛辣又怎樣？擁有『女帝』外號的妳才不會這麼多愁善感。

妳要的只有結果。」

里志說自己沒有成為Holmesist的能力時，我持反對意見。哪一種才對？其實哪一種都沒意義，能當就當，不能當就不當，如此而已。

熱情、自信、獨斷、才能，就客觀角度來看都沒有意義，入須純粹是為了使喚我才會捧我、說我有才能。這手段確實有效，我真的拿出了入須滿意的創作。

「任何人都該有自覺，這句話也是在騙我吧？」

……我話都說得這麼重了，入須依然不為所動，她既不愧疚，也不顯得難堪。

在沉默之間，我開始思考無關緊要的事。

「女帝」這外號真的很適合她。我想起里志說過，入須身邊的人隨時都會變成她手下的棋子。如此待人也絕不後悔才像女帝，她這姿態真美。

入須以缺乏感情及抑揚頓挫的冷峻語氣說：

「那不是我由衷的想法，要視為謊言也是你的自由。」

視線交會。

無言。

……我知道自己笑了。

接著打從心底說出：

「聽妳這麼說，我就放心了。」

八

片尾字幕

檔案號碼00299

MAYUKO：真的很感謝
請輸入姓名：好了
請輸入姓名：妳道謝很多次了
請輸入姓名：學校也有很多人謝我，我都聽膩了
MAYUKO：可是
MAYUKO：真的很謝謝妳
MAYUKO：全都是我的錯
MAYUKO：大家那麼期待殺人的畫面
MAYUKO：我卻寫了那種劇本
請輸入姓名：接下來可別說「對不起」
MAYUKO：對不起
MAYUKO：啊……
請輸入姓名：事情都解決了
請輸入姓名：雖然結局不如妳的期望
請輸入姓名：能拍完就很了不起了
MAYUKO：不是這樣的
請輸入姓名：這是在回我哪句話？

MAYUKO：啊，是說不如我的期望那句
MAYUKO：因為我最期望的
MAYUKO：就是大家完成作品高喊萬歲的景象
請輸入姓名：真是的，妳這個人喔
MAYUKO：嗯？
請輸入姓名：算了，沒什麼

檔案號碼00313

是・我・啦♪：結果好像不錯嘛。
請輸入姓名：都是托學姊的福
是・我・啦♪：哎呀，妳太客氣了。請安心享受。
請輸入姓名：只是……
請輸入姓名：對他有點過意不去
是・我・啦♪：妳真的這樣想？
請輸入姓名：想什麼？
是・我・啦♪：對他過意不去。
請輸入姓名：對地球另一側的人
請輸入姓名：沒必要裝模作樣吧

是・我・啦♪：說得也是。

是・我・啦♪：不過呢……

請輸入姓名：是

是・我・啦♪：妳也對我說謊了吧？

是・我・啦♪：對此我可不會悶不吭聲喔！

請輸入姓名：說謊？

是・我・啦♪：可別連地球另一側的人都拿來使喚。

是・我・啦♪：尤其是我。

是・我・啦♪：開玩笑的啦～

請輸入姓名：我哪有說謊？

是・我・啦♪：妳來拜託我不是為了那個編劇。

是・我・啦♪：而是因為劇本寫得差吧？

是・我・啦♪：妳想換掉不受歡迎的劇本。

是・我・啦♪：又不想傷害寫劇本的人。

是・我・啦♪：妳只是想裝好人。

是・我・啦♪：那個笨蛋也沒發現這點就是了。

請輸入姓名：學姊

請輸入姓名：以我的立場絕不能讓這企畫失敗

請輸入姓名：學姊？
《是・我・啦♪　已經登出》

檔案號碼00314

奉太盧：這樣就可以用了？
L：可以了
L：好怪的暱稱
奉太盧：我本來想打「奉太郎」結果打錯，又懶得重打，就照用了
奉太盧：話說也真怪
奉太盧：最後登入時間是剛才耶
L：咦？
L：折木同學，你今天是守賜用聊天室嗎？
L：首次
奉太盧：是啊
奉太盧：算了，隨便啦
L：對了，所以本鄉學姊到底編了怎樣的劇本？
奉太盧：這個嘛，打字好麻煩
L：折木同學？

奉太盧：好啦，我會說啦
奉太盧：她沒告訴我，所以我只能靠想像
奉太盧：總之，海藤既然沒死，密室就解得開了
L：不叫攝影師去當演員也解得開？
奉太盧：妳很惡劣耶。首先，兇手是鴻巢，入侵途徑是窗戶
L：可是窗戶很難開
奉太盧：是右側準備室的窗戶。有兩間，用哪個都行
奉太盧：鴻巢利用登山繩潛入右側準備室
奉太盧：然後攻擊海藤
奉太盧：還不到致命的程度
奉太盧：再用登山繩回到二樓
奉太盧：裝出若無其事的樣子走下玄關大廳
奉太盧：就這樣
奉太盧：羽場差一點就猜對了，真可惜
L：那第七人呢？
奉太盧：喔，那個啊，拍完之前已經出現啦
奉太盧：我後來才發現，那部電影本來就有七個角色
L：不，只有六人，不會錯的

奉太盧：演出名單不只包括演員
奉太盧：還有旁白不是嗎？負責介紹角色的那個
奉太盧：片尾字幕一定也列出了七人
L：啊啊，原來如此！
L：可是這樣說來，海藤學長倒下的房間為什麼上鎖？
奉太盧：海藤自己走進上手翼，鎖起房門
L：為什麼？
奉太盧：一般而言，應該是要躲避兇手追殺……
奉太盧：但我想多半不是
L：啊，我知道了
奉太盧：喔？真稀奇
L：因為我好像更能理解本鄉學姊的心情了
L：鴻巢學姊刺傷海藤學長以後
L：海藤學長問鴻巢學姊為什麼要殺他
L：也可能是問為什麼不乾脆殺死他
L：然後，海藤學長為了包庇鴻巢學姊
L：就叫她回二樓，自己走進上手翼

L：啊，不過他要怎麼解釋受傷的事？

奉太盧：我也是這樣想

奉太盧：受傷很好解釋啊，那裡玻璃散卵一地

L：好奇特的玻璃

奉太盧：是「散亂」啦。妳是伊原嗎？

奉太盧：只要說是跌倒受傷就好了

奉太盧：至於鴻巢為什麼要殺海藤，海藤為什麼原諒巢鴻

奉太盧：這些我就不清楚了。如果本鄉不說，永遠都是個謎

L：這也沒辦法

L：雖然我很好奇

L：她殺傷同學，受傷的人卻幫她掩飾

L：本鄉學姊到底會怎麼描寫？

L：我真的很好奇

奉太盧：對了，我很想問一件事

L：嗯。是什麼？

奉太盧：可能是我想太多吧

奉太盧：這次的事，妳是不是早已知道了什麼？
L：咦？
L：我什麼都不知道啊
L：為什麼這樣問？
奉太盧：二年F班的三人，還有我
奉太盧：四個提案妳都不能接受
奉太盧：這不像平時的妳，難道全是因為妳對本鄉有同感？
L：喔，這個啊
L：該這麼說吧，我覺得自己跟本鄉學姊有點像
奉太盧：？
L：嗯，說起來真不好意思
L：你不要笑我喔
L：其實我也……
L：不喜歡有死人的故事

後記

大家好，我是米澤穗信。由於三十二這個不可思議的力量（註）讓我無法多做寒暄，因此盡量說得簡單點。

從各種角度來看，本書都比上一集《冰菓》更有Mystery風格。此外，本書有一部分是從我實際碰過的事情改編，但出場角色並無特定描寫對象，所以要在此聲明，絕不是要惹當時的各位成員不高興。

喜歡Mystery的各位讀者，或許你們看得出來，我寫本書是抱持著對安東尼・柏克萊《毒巧克力命案》的愛和敬意，和阿嘉莎・克莉絲蒂並無關聯。拿如此傑作當作範本究竟汲取了多少精華，就交由諸位讀者來判斷。我孫子武丸的《偵探電影》也是類似《毒巧克力命案》風味加上影片的前例，沒看過的讀者請務必一讀。

話說本書各章標題都沒有深奧的涵義，只有第五章的命題方式比較不同，但剩餘篇幅少到沒辦法在此公開這個方式，所以跟上次的「壽司」事件一起留待日後再提，希望真的還有日後。

註：本書的原文版是32開的文庫本，頁數受限於32的倍數。

先這樣了，今後也請大家多多指教。

米澤穗信

解說

所謂Mystery這件事……

※（本文涉及謎底，未讀正文勿入）

張筱森

有名書店店員某天偶然發現，有位客人每到星期六就會帶著二十個五十圓硬幣到結帳櫃檯換一張千圓鈔票，也不買任何書籍，換完錢後就離開店裡。那位客人到底為什麼要這麼做呢？書店店員百思不解了很長一段時間。後來她出道成為推理小說家，在一次和同業者的閒聊中，她提出了這件事情。之後，有位編輯提出了「不如拿這個點子來寫本競賽短篇集吧？」的建議。因此由若竹七海出題的「日常派推理」名作《二十個五十圓硬幣之謎》（《五十円玉二十枚の謎》、1993）誕生了。這部短篇集收錄了十二篇小說和一篇漫畫，分別由職業作家和徵文選出的一般讀者創作的謎底。登場人物認真地討論生活周遭中各種乍看之下不可思議，說穿了可能根本沒什麼的小小事件（？）的情景說真的還挺眼熟的，不是嗎？除了台灣讀者已經非常熟悉的北村薰的「圓紫大師與我」系列之外，米澤穗信的出道作「古籍研究社系列」第一作的《冰菓》也是如此。雖然有著壯烈的青春回憶作為謎底，在形式和本質上仍舊是不折不扣的「日常派推理」。不過「日常派推理」某種程度來說卻是不容易處理的類型，一不小心就容易流於作者說了又說，讀者卻只想吐槽：「說那麼多，直接去問當事者不就好了？」的結果。《冰菓》雖然有各具屬性的角色，以及角色之間可愛討喜的互動；不過在謎團的設計上卻仍舊有些不自然之處。或許是察覺到這個問題，也可能是想嘗試在日常推理的可行範圍中創作更接近傳統推理小說的作品，米澤交出了一本正如他在後記中所說的「抱著對安東尼・柏克萊《毒巧克力命案》的愛和敬意，也比上一集《冰菓》更有Mystery風格」的《愚者的片尾》。

《毒巧克力命案》（*The Poisoned Chocolate Murder*）是英國推理小說家安東尼・柏克萊在一九二九年發表的長篇代表作。描述一名丈夫從俱樂部中帶了一盒巧克力回家，沒想到妻子吃了之後居然毒發身亡。警方在多方調查後陷入瓶頸，只好將案件帶往由六名推理小說迷組成的犯罪俱樂部，希望能藉由眾人的推理找出解決的線索。於是六名會員約定各自進行一週的調查，一週之後發表各自的推理。結果沒想到六人都發表了言之成理的推論。那麼真相究竟是這六個的其中一種？還是其實根本另有隱情？關於案件的真相，我還是按照推理小說界的規矩，將解謎的樂趣留給大家了。在英美本格推理發展至顛峰的二〇年代之際，一案可以六破？這部作品絕對是安東尼・柏克萊藝高人膽大的前衛之作。更重要的是，他透過此作預見了將「名偵探藉由線索，在依照邏輯反覆推敲之下，達到唯一真相。」奉為金科玉律的本格推理的侷限之處，之後柏克萊便放棄猶如puzzler的本格推理，轉往描寫犯罪心理層面的路線去了。講得極端一點，《毒巧克力命案》可以說是一部宣告「本格推理中的推理毫無意義，名偵探的推理永遠不可能獲得唯一的正確解答」的本格推理小說，一竿子打翻了一船本格推理作家。然而這種一案多破的作品，換個角度看其實正是再適合《愚者的片尾》這種的日常之謎的作品也不過了。

這次古籍研究社一行人接下了一個艱難的任務，得利用僅存的少數線索找出電影可能的結局究竟是什麼。而委託人「女帝」入須冬實讓他們去聽參與電影製作的工作人員的說法，從中找出可供使用的真相。本來被用來證明「本格推理中的推理毫無意義」的一案多破，在這裡卻成了一種談論Mystery的全新切入角度。

Mystery（ミステリー）一般在台灣都譯為「推理小說」，不過從本書的登場人物的說法來看，若是直接譯為「推理小說」反而會讓全書邏輯不通順。直接用Mystery一字雖說是不得已的苦肉計，卻也更能強調出日文中ミステリー含意的曖昧性。一群對Mystery定義沒有共識的人合作的Mystery電影究竟會長成什麼樣子？這是《愚者的片尾》的謎團。透過古籍研究社一行人的辛勤工作後，得到了五種可能性。這五種可能性來自於各種閱讀Mystery的角度。有人認為Mystery最重要的是劇情，詭計只是為了推動劇情的存在，所以詭計只要過得去就可以了。也有人斬釘截鐵地認為這是典型的密室殺人，甚至指責只讀《福爾摩斯》系列的人根本就是Mystery的外行人。更有人認為講到Mystery，當然就是死人和殺人鬼，大開殺戒的怪物才是重點！哪來什麼詭計、偵探的？甚至還有一個敘述性詭計的結局。關於這點，除了得意洋洋地提出「不可見的侵入」說法的學長之外，書中根本沒人承認自己喜愛Mystery，但是奉太郎提出了一個要熟悉Mystery的人才能想到的解答；而古籍研究社其他人也憑著各自對Mystery的理解推翻了他的答案。

因此奉太郎等人和二年F班眾人的談話，不光只是探討一個謎團可以有多少真相，更是「Mystery究竟是什麼？」的大哉問，讓人不由得思考起自己究竟怎麼讀Mystery？在故事最後，千反田說了，「其實我也不喜歡有人死掉的故事。」

那麼，看完這本書的你，又喜歡怎麼樣的Mystery呢？

本文作者介紹

張筱森：推理文學研究會（MLR）成員，喜歡所有Mystery和Horror相關產品。

國家圖書館出版品預行編目資料

愚者的片尾／ 米澤穗信著； Hana譯. -- 初版.--.
臺北市：獨步文化, 城邦文化出版：家庭傳媒
城邦分公司發行， 民101.06
面　；　公分. --（日本推理名家傑作選；
38）

譯自：愚者のエンドロール

ISBN 978-986-6043-24-6（平裝）

861.57　　101008112

ISBN 978-986-6043-24-6
Printed in Taiwan

日本推理名家傑作選 38

愚者的片尾

原著書名／愚者のエンドロール
原出版社／角川書店
作者／米澤穗信
翻譯／HANA
責任編輯／張麗嫺
特約編輯／謝　晴
編輯總監／劉麗真
總經理／陳逸瑛
榮譽社長／詹宏志
發行人／凃玉雲
出版／獨步文化
城邦文化事業股份有限公司
台北市中山區 104 民生東路二段 141 號 5 樓
電話：(02) 2500-7696
傳真：(02) 2500-1967
發行／英屬蓋曼群島商家庭傳媒股份有限公司
城邦分公司
台北市中山區 104 民生東路二段 141 號 2 樓
讀者服務專線／(02)2500-7718; 2500-7719
24 小時傳真服務／(02)2500-1990; 2500-1991
服務時間／週一至週五：09:30～12:00
13:30～17:00
讀者服務信箱／service@readingclub.com.tw
劃撥帳號／19863813　戶名／書虫股份有限公司
香港發行所／城邦（香港）出版集團有限公司
香港灣仔駱克道 193 號東超商業中心 1 樓
電話／(852) 2508-6231　傳真／(852) 2578-9337
E-mail／hkcite@biznetvigator.com
馬新發行所／城邦（馬新）出版集團
Cite (M) Sdn Bhd
41, Jalan Radin Anum, Bandar Baru Sri Petaling,
57000 Kuala Lumpur, Malaysia.
電話：(603) 90578822
傳真：(603) 90576622
E-mail：cite@cite.com.my

美術設計／戴翊庭
印刷／中原造像股份有限公司
排版／浩瀚電腦排版股份有限公司
□2012 年6 月初版
□2023 年5 月17 日初版21刷
定價／260 元

獨步文化
APEX PRESS

正貼郵票

10483台北市民生東路二段 141 號 5 樓
城邦文化事業股份有限公司
獨步文化　行銷業務部

請沿虛線對摺，謝謝！

獨步文化
APEX PRESS

書號：1UC038	書名：愚者的片尾	編碼：

請於此處用膠水黏貼

獨步文化 APEX PRESS

讀者回函卡

謝謝您購買我們出版的書籍！

請費心填寫此回函卡，我們將不定期寄上城邦集團最新的出版訊息。

姓名：________________　性別：□男　□女

生日：西元________年________月________日

地址：________________________________

聯絡電話：________________　傳真：________________

E-mail：________________________________

學歷：□1.小學　□2.國中　□3.高中　□4.大專　□5.研究所以上

職業：□1.學生　□2.軍公教　□3.服務　□4.金融　□5.製造　□6.資訊

□7.傳播　□8.自由業　□9.農漁牧　□10.家管　□11.退休

□12.其他________________

您從何種方式得知本書消息？

□1.書店　□2.網路　□3.報紙　□4.雜誌　□5.廣播　□6.電視

□7.親友推薦　□8.其他________________

您通常以何種方式購書？

□1.書店　□2.網路　□3.傳真訂購　□4.郵局劃撥　□5.其他

您喜歡閱讀哪些類別的書籍？

□1.財經商業　□2.自然科學　□3.歷史　□4.法律　□5.文學

□6.休閒旅遊　□7.小說　□8.人物傳記　□9.生活、勵志　□10.其他

對我們的建議：________________________________

請於此處用膠水黏貼